엄마는 어떻게 다 알까

저를

이 세상에 있게 해 주신 두 분,

세상에서 가장 사랑하고 존경하는

부모님께

이 책을 바칩니다.

# 엄마는 어떻게 다 알까

반승아 지음

선우미디어 sunwoomedia

**시작하며**

기억 쟁이기

몇 년 만에 만난 친구를 보고 깜짝 놀랐다. 친구 때문이 아니라 친구의 아이가 그사이 너무 훌쩍 자란 까닭이었다. 아이들은 하루가 다르게 자라는데 어른들은 더 이상 자라지 않아. 시간이 가는 걸 알 수가 없어. 친구와 그렇게 이야기했다.

아니었다. 몇 년 전에 찍은 사진 속의 엄마와 아빠가 너무 젊어서 깜짝 놀랐다. 아빠의 환갑 사진이었다. 그때에도 이미 아빠가 늙었다고 키득거렸는데 아니었다. 그날 이후의 삶과 비교했을 때 그날의 아빠는 가장 젊은 순간이었을 테니까. '오늘이 가장 젊은 날'이라는 말은 괜한 이야기가 아니었다. 엄마와 아빠는 자라는 대신 늙어갔다. 남의 집 아이들은 쑥쑥 커가는데, 아직 손주를 보지 못한 엄마와 아빠는 점점 작아졌다.

부모님이 이렇게 점점 작아지다가 어떤 소실점으로 빨려 들어가 버리면 어쩌지. 딸의 불안은 날이 갈수록 증폭되었다. 바람 빠진 풍선처럼 작아지는 엄마와 아빠가 계속 자식들에게 무언가를 해 주려고 할 때마다 딸은 부아가 치밀었다. 장성한 아들딸 마음껏 부려먹고 용돈 달라고 큰소리도 좀 치고 하면 될 것을 엄마 아빠는 왜 자꾸 희생 같은 것을 하려 해서 부채의식을 가중시키는가. 그렇잖아도 자식은 부모의 꿈에 빚을 지고 살아간다 믿는 딸의 채무를 왜 자꾸 늘려놓느냔 말이다. 빚쟁이 부모가 무서운 줄도 모르고 딸은 자꾸 애먼 화풀이를 했다.

삶도 기억도 유한한 것을 안다. 예외란 없으며 도망칠 수 없는 것도 안다. 집착과 소유를 줄이고 떠남과 헤어짐에 초연해져야 하는 것을 안다. 그러나 몇몇 무형의 기억과 유형의 사람들은 여전히 끌어안고 싶다. 삶을 지탱하는 소중한 것들은 조금 욕심내도 되지 않을까. 물욕이 줄어드는 것이 불경기 탓인지 나이든 탓인지는 모르겠다. 옷을 덜 사고 구두도 뒤축이 닳게 신는다. 다행인지 불행인지 서른 중반이 다 되어가니 옷맵시도 나지 않고 '젊음발'도 쇠하여 겉치장은 무용지물이다.

그러나 추억을 소장하고픈 욕구와 기록을 간직하고픈 열망은 자꾸 불어난다. 그래서 딸은 글을 쓴다. 기억을 저축해 두고 싶은 탓이다. 매번 사진도 찍고 아버지의 카톡에 길게 답을 하고 때마다 손편지도 잊지 않으려 한다. 떠올릴 수 있는 장소와 회고할 수 있는 일들을 가능한 많이 만들 것이다. 거창하고 화려한 기억이 아니라 흔하고 소소해서 피식 웃을 수 있는 일화를 늘릴 것이다. 근검절약하라는 아버지 잔소리를 한 귀로 들어왔으나 기억은 알뜰살뜰 비축해 둘 터이다. 어차피 금전으로 부자가 되기는 틀렸으나, 언제라도 인출 해 볼 수 있는 기억 부자가 될 터이다.

딸의 모든 기억 속에는 엄마가, 그리고 아빠가 있다. 엄마와 아빠가 없는 순간의 기억 속에서도 딸은 엄마와 아빠를 찾고 있다. 기억들은 연속된 줄거리로 전개되지 않고 편린의 집합으로 존재한다. 커다란 유리병 속에 기억의 조각을 담은 유리구슬이 담겨 있는 것만 같다. 각각의 구슬들을 빤히 바라보고 있으면 그 시간이 재생된다. 욕심껏 쟁여 둔 기억을 두고 두고 꺼내어 보고, 나누어 보고 싶다. 그것이 지금의 딸이 엄마에게, 아빠에게 할 수 있는 유일한 일이기에.

# 차례

## 엄마는 어떻게 다 알까

## 고마워 미안해 사랑해

## 여덟 번째 날들

## 아버지의 언어

### 맺으며

엄마도 아프면 엄마가 보고 싶어?

"엄마, 엄마도 아프면 엄마가 보고 싶어?"


"아니, 항상 보고 싶어."

## 엄마도 아프면 엄마가 보고 싶어?

엄마는 자주 아팠다. 어릴 때 당한 교통사고 후유증 탓이었다. 무언가에 괴롭힘을 당하는 사람처럼 늘 두통에 시달렸고 기운이 없었다.

그 사고로 엄마는 며칠을 의식불명이었고 그 사이 외할머니가 돌아가셨다. 엄마의 이마 위쪽에는 아직도 오백원짜리 동전만큼의 빈 공간이 있다. 수술 자국이다. 머리카락이 자라지 않는 그 자리를 감추기 위해 엄마는 항상 앞머리를 내렸다. 하지만 외할머니의 부재로 인한 빈 공간은 좀처럼 감춰지지 않았다.

외할머니의 죽음으로 외가의 명운은 뒤바뀌게 되었다. 안주인이 필요하다고 여긴 외할아버지는 새 외할머니를 맞았다.

외할아버지는 지역 유지였다. 벽돌로 된 이 층 양옥집에는 늘 많은 객이 들끓었다. 새엄마가 아이들을 홀대해도 드러나

지 않았다. 집안일을 도와주던 분들은 하루아침에 엄마를 잃은 엄마와 이모, 외삼촌들을 보면서 혀를 끌끌 찼다. 그분들이 새엄마 몰래 챙겨주는 국과 반찬이, 엄마는 목이 메어 넘어가지 않는 날도 많았다고 했다.

엄마가 된 이후에도, 엄마는 여전히 온전한 어른이 되지 못한 것만 같았다. 때로 엄마를 부르며 흐느꼈고, 때로 흠칫 놀라기도 했다. 아이였던 딸은 엄마가 엄마를 찾으며 설은 울음을 우는 것이 생경했다. 어른은 울지 않는 줄로만 알았는데. 어른은 엄마를 찾지 않는 줄로만 알았는데….

딸은 그런 엄마를 꼭 안아주고 싶다는 생각을 하곤 했다. 대신 딸은 엄마에게 꼭 안겨 있었다. 아마도 그렇게라도 엄마는 피붙이의 온기를 느꼈던 걸까. 엄마가 되었으니 강해져야 한다고, 마음을 다잡아야 한다고. 지금의 내 나이보다도 어렸던 엄마는 생각하고 생각했을 것이다.

엄마 없는 딸로 자란 엄마는, 결핍된 상처와 공허를 모두 딸에게 쏟았다. 엄마의 치명적 불행은 딸에게 결정적 행운이었다.

엄마의 애정은 집안 곳곳에 넘쳐흐르고 있었다. 어디를 가든 깃털처럼 감싸 안아주는 포근한 온기가 집안을 두르고 있었다. 구름 위에서 뛰노는 디즈니 만화의 주인공이 된 것 같았다. 아무리 뜀박질을 하고 넘어져도 생채기가 나지 않았다.

엄마는 으레 거기 있었다. 집에 돌아오자마자 찾는 대상이고 깜짝 놀라거나 급작스러운 충격을 받거나 길을 가다 돌부리에 걸려 휘청일 때 부르는 이름이었다.

심지어 학창 시절의 딸은 시험공부 할 때마다 함께 깨어 있을 것을 엄마에게 반강제로 요구했다. 딸의 우격다짐을 엄마는 한 번도 거절한 적이 없다. 식탁에서 공부하는 딸의 뒷모습을 바라보며 엄마는 소파에서 선잠을 잤다.

어른이 되고 출가외인이 된 딸은, 아직도 아플 때면 엄마를 찾는다. 나이가 더 들어도 그럴 것이다. 엄마도 아플 때면 엄마가 보고 싶을까. 한 번도 물어본 적이 없었다. 답을 아는 질문은 때로 하기 두려울 때가 있기에. 하지만 참을성 없는 딸은 결국 엄마에게 물었다.


"엄마, 엄마도 아프면 엄마가 보고 싶어?"


"아니, 항상 보고 싶어."

# 엄마의 운전

엄마는 교통사고로 외할머니를 잃은 그 순간 엄마의 모든 불행이 시작되었다고 믿었다. 따라서 엄마에게 자동차와 운전은 많은 소중한 것들을 앗아간 원흉이었다. 엄마는 운전을 두려워했지만, 자신이 엄마가 된 후 운전면허를 땄다. 그래야 한다고 생각했던 것 같다.

초등학교 입학 전까지 엄마 껌딱지였던 딸은, 엄마가 가는 곳이면 어디든 따라갔다. 엄마의 운전학원도 마찬가지였다. 다행히 책만 쥐여 주면 어디서든 조용히 있는 아이였다. 잠자코 있는 아이는 어디에서든 존재감이 크게 드러나지 않았다.

엄마가 운전면허 필기시험을 보는 날도 마찬가지였다. 여느 때처럼 교실 밖에서 책을 읽고 있었다. 교실에서 갑자기 박수 소리가 났다. 이내 엄마가 나왔다. 환하게 웃고 있었다. 조금은 들뜬 목소리로 내 손을 꼭 잡으며 말했다.

"엄마 필기시험 1등으로 붙어서 박수받았어. 아까 박수 소리 들었니?"

칭찬을 바라는 아이 같은 목소리였다. 엄마를 토닥여주며 말했다.

"응, 엄마. 잘했어."

12월이었다. 복도에 난로가 있었지만, 책을 읽는 내내 입김이 하얗게 얼어붙었다. 그것이 재미있어 부러 공중에 대고 입김을 후후 불어보곤 했다. 안개 같은 입김 너머 무엇엔가 열중한 엄마의 옆모습이 보였다. 엄마가 수업을 듣는 교실 벽은 회색과 연녹색 페인트가 칠해져 있었다. 복도의 윗부분은 원래 흰색이었을 색이 칠해져 있었고 아래쪽은 연한 회색이었다. 페인트는 군데군데 벗겨져 시멘트의 맨 살결이 거칠게 드러나 있었다. 시험에 통과했으니 이제는 여기에 올 일이 없다고 했다. 우리는 주로 버스를 타고 다녔는데 그 날은 택시를 탔다.

여섯 살 딸과 서른네 살 엄마는 그렇게 행복하게 집으로 돌아갔다.

## 딸의 운전

운전대를 잡기 직전, 엄마는 늘 기도를 했다. 학원에 늦어 동동댈 때도, 약속 시간이 빠듯해 서둘러야 할 때도 예외는 없었다. 가끔은 잠깐 숨을 멈췄다가 심호흡을 하기도 했다. 자동차 키를 꽂고 시동을 걸 때의 엄마는 무언가 말을 건네도 들리지 않는 것 같았다. 마치 다른 일에 열중한 사람 같았다.

딸이 면허를 딴 뒤에도 엄마는 꽤 오랫동안 딸에게 운전하지 말도록 했다. 엄마와 함께 어디 갈 일이 있을 때면 운전은 반드시 엄마가 했다. 단 한 번의 예외도 없었다. 남들은 이 나이면 다 딸이 운전하는 차를 탄다고, 시력도 체력도 엄마보다 내가 나을 거라고 해도 막무가내였다.

남에게 피해를 주지 않는 것, 예의에 어긋나지 않는 것, 양심에 부끄럽지 않은 것. 엄마가 행동을 제약하는 기준이었다. 운전은 여기에 아무것도 해당되지 않는데 늘 금기였다. 도로 주행과 실기를 만점으로 합격했는데, 내가 운전하는 자동차

를 탄 사람 중 나의 운전실력을 지적한 이도 없었는데, 면허
는 존재 가치를 다 하지 못하는 물건이 되었다. 내게 그것이
있다는 사실조차 잊을 만큼.

　이제는 딸이 운전해도 엄마가 무어라 하지 않을 것이다.
오히려 무거운 장바구니를 들어야 하거나 맹추위거나 장마철
출퇴근길을 할 때는 자동차가 낫지 않겠냐고 묻기도 한다. 딸
은 청개구리처럼 막상 권유받으니 운전대 잡기가 싫다고 한
다. 기계문명의 복잡성은 컴퓨터로 충분하다며 손사래를 쳤
다. 텔레비전도 없이 살고 있는데 자동차 없이 사는 것이 무
어 대수겠냐고. 더욱 현실적으로는 감가상각과 내용 연수와
같은 용어를 들먹이고, 보험료와 기름값 이야기를 하며 고개
를 내저었다.
　그러나 사실은, 운전이 두렵다.

# 엄마의 신발

열다섯에 어머니를 여읜 엄마는 스물넷에 시집을 가기 전까지 현관에 놓인 신발들을 볼 때마다 그리 서글펐다.

여중생, 여고생 시절 엄마는 학교에서 집에 돌아올 때마다 대문 앞에 놓인 신발들 가운데 돌아가신 외할머니의 신발이 있는 것 같은 착각이 들곤 했다. 왈칵 반가운 마음이 들어 뜀박질을 해 안방으로 향했으나 엄마가 찾는 얼굴이 있을 리 없었다. 열예닐곱의 엄마는 이내 현실을 깨닫고 섧게 울곤 했다. 시간이 지나며 눈물을 흘리는 횟수는 줄었으나 그리움이 줄어든 것도, 애잔함이 사그라진 것도 아니었다.

엄마의 우는 모습을 처음 본 것은 다섯 살 무렵이었다. 엄마가 이모와 전화 통화를 하는 중에 "엄마, 엄마" 하면서 흐느꼈다. 엄마도 엄마가 있으리라는 당연한 사실을 다섯 살 아이는 새삼스레 깨달았다. 열린 방문 틈으로 길을 잃은 아이처럼 슬퍼 울고 있는 엄마가 보였다. 살금살금 방으로 돌아와 오빠와 함께 고민하던 기억이 생생하다. 엄마를 위로해 주어야 할까 모르는 척해야 할까. 우는 걸 우리에게 들키면 엄마가 창피해하려나? 오빠와 나는 결국 엄마를 달래 주기로 결심했다. 엄마는 우리를 품에 안고도 울기를 멈추지 못했다. 엄마도 유난히 엄마가 보고 싶은 날이 있는 모양이었다.

딸의 신발은 엄마에게 슬픔이 아닌 기쁨을 주는 것을 안다.
눈물이 아닌 웃음을 만드는 것을 안다.
환상이 아닌 실재하는 딸의 신발이 예기치 못하게 눈앞에 놓여 있을 때 엄마가 얼마나 행복해하는지를 안다.
마법도 요술도 아닌 고작 신발 한 켤레가 이렇게나 힘이 센 것을 안다.

부모님이 집을 비운 사이, 부모님 집에 가서 혼자 기다리고 있을 때가 있다. 딸은 엄마의 신발이 없는 것을 확인하고 의기양양하게 집에 들어와 자리를 잡는다. 엄마의 신발이 없어도 서운하지 않은 것은 엄마가 이내 집에 올 것을 알기 때문이다. 외출했다가 돌아오는 엄마는 현관에 놓인 딸의 신발을 알아보고 반색을 한다.

"언제 왔니? 오래 있었어?"

딸의 신발만으로 벌써 한 옥타브 톤이 올라가고 반가움이 묻어난 엄마의 목소리를 들을 때 조금은 뿌듯해지고 조금은 푸근해진다. 내 신발이 실제 존재하는 것이어서, 내가 엄마 옆에 나란히 앉아있을 수 있어서, 다행하고 감사한 일이다.

누군가에게는 당연하고 사소한 일이 누군가에게는 삶의 의미가 되기도 한다. 그래서 가끔은 엄마가 집을 비운 사이 집에 가 있곤 한다. 딸의 신발을 보고 신이 나서 딸의 이름을 부르며 들어오는 엄마의 모습이, 가끔은 엄마를 부르는 아이 같이 느껴질 때가 있어 자꾸 마음이 저릿하다.

# 마흔셋, 예순일곱

엄마는 이제 예순일곱이다. 언제부턴가 엄마는 자꾸 엄마의 나이를 잊어버린다. 나이가 드니까 나이가 헷갈리네, 하고 머쓱하게 웃는다. 어른이 된다는 것은 탄생일의 기쁨보다 살아온 날들의 무게 쪽으로 저울추가 기울게 되는 일이리라.

딸은 제 나이를 생각한다. 나이 앞자리 숫자가 4로 바뀐 올해, 홀가분함과 씁쓸함, 적당한 체념과 적당한 여유가 더해졌던 복잡미묘한 기분을. 나이 앞자리 숫자가 6으로 바뀐 엄마의 심정을 딸은 반도 이해하지 못할 것이 분명해, 딸은 그저 엄마를 바라본다.

엄마가 중학생 때 외할머니가 세상을 뜬 탓에 엄마가 기억하는 외할머니의 모습은 지금의 엄마보다 훨씬 젊다. 외할머니는 마흔셋에 돌아가셨다. 엄마는 마흔셋을 넘기는 것을 힘겨워했다. 엄마도 외할머니의 뒤를 따라 마흔셋에 생을 마감할까 봐 무척이나 두려워했고 무던히도 앓았다. 그해 엄마는 자식들을 지켜야 한다는 모성 사이에서 엄마는 늘 엄마이기를 택했다. 딸이었던 기억이 너무 아득했던 엄마는, 모든 시간 엄마일 뿐이었다. 딸은 엄마 또한 딸이라는 사실을 자주 망각했다.

언제나 날개 밑에 새끼들을 품는 엄마 새처럼 자식들을 품고 있지만, 엄마도 태어날 때부터 엄마는 아니었음을. 엄마 없는 빈 둥지에서 하염없이 울고 있었을 어린 엄마를. 그래서 악착같이 둥지를 지키고 자식들을 보듬었던 엄마를. 대부분의 자식은 엄마가 당위적인 존재라 인식한다. 자신이 부모가 되거나 부모가 된 친구들이 많아졌을 때가 되어서야 비로소 엄마를, 부모를 다시 생각한다. 그래서 대개는 엄마의 나이가 너무 층층이 누적된 뒤에야 지난 시간을 헤아릴 줄 안다.

엄마는 외할머니의 마지막 나이를 넘긴 후 평온해졌다. 딸은 엄마의 나이가 계속 유예되는 것에 안도한다. 엄마의 회상 속에 외할머니는 마흔셋에서 더 이상 나이를 먹지 않는 존재이다. 박제된 추억은 더는 자라지 않을 것이다.

엄마는 당신의 가슴에 남은 외할머니보다 훌쩍 나이를 먹은 탓에, 예순 넘은 엄마로서의 경험에 낯설어했다. 엄마인 것이 자신 없어진 엄마는 가끔 자식들에게 미안해하기도 하고, 엄마로서 잘 해내고 있는지 확인받고 싶어 하기도 했다. 책임감과 본능으로 엄마는 엄마의 역할을 완벽히 수행해 왔다.

딸에게 엄마는 언제나 현재진행형으로 이어지는 존재의 집합이다. 엄마가 상상할 수 없는 시간의 당위성과 딸이 상상할 수 없는 엄마의 부재가 모녀 사이에 공존한다.

딸은 엄마와 함께 자라 왔다. 아이스크림 통에 번갈아 숟가락질을 하고 새로 나온 과자를 같이 고르던 엄마. 충치가 생긴다며 초콜릿을 숨겨 놓고 딸 몰래 먹다가 들켜 멋쩍게 웃던 엄마. 자기 전에 딸에게 볼을 비비던 엄마. 어느 날 밤 천식으로 심하게 기침을 하면서 이대로 숨이 멎는구나 생각하던 순간 갑자기 안방에서 달려와 등을 두드려주던 엄마. 짝사랑하던 남자애의 이야기를 자못 진지하게 들어주던 엄마. 데이트나 소개팅이 있을 때마다 옷장을 온통 헤집어 놓으며 함께 옷을 골라주던 엄마. 딸의 학교 친구들을, 회사 동기들을 매일같이 듣다 보니 만나기라도 한 듯 알고 있던 엄마. 그리고 엄마를 부르며 울먹이던 엄마….

딸이 기억하는 엄마의 모습은 이렇게나 촘촘한 스펙트럼으로 펼쳐지는데, 엄마는 이제 환갑도 훌쩍 지나 자꾸만 나이를 더해간다. 딸의 시간은 늘 엄마의 시간과 병렬해 왔다. 엄마는 늘 엄마 없는 길을 걸어와야 했지만, 딸은 엄마 없는 길을 상상할 수 없다. 언젠가는 맞닥뜨리게 될 순간이지만 오지 않기를 간절히 바라는 순간. 딸의 성장을 지켜보는 엄마의 마음과 엄마의 노화를 바라보는 딸의 마음은 가끔 애틋한 눈빛으로 교차된다. 엄마는 딸이 더는 자라지 않기를 바라고, 딸은 엄마가 더는 나이 먹지 않기를 바란다. 영속하지 않을 것을 알기에 매 순간은 항상 소중하다.

어느 때부터인가 우리의 시간이 더 많이 남았기를 기도하게 된다. 조금만 더, 조금만 더. 시간은 모녀에게도 예외 없이 흐르고 우리는 시간 속을 묵묵히 걷는다.

# 엄마의 서낭당

언제부터인지 정확히 기억나지 않을 정도로, 아니 해가 동쪽에서 뜬다는 자연 현상만큼이나 당연하게, 딸이 기억하는 엄마의 모습은 팔 할이 기도하는 모습이었다. 엄마가 한참 동안 남의 말을 들어주고 또 기도하는 동안, 딸은 엄마를 뺏긴 기분이었다. 엄마는 나와 놀아 주어야지, 어째서 생판 얼굴도 본 적 없고 관심도 없는 남들의 이야기를 들어주고 있는지, 저렇게 한참 기도하고 있는지 복장이 터질 노릇이었다. 남들이 하는 쓸데없는 이야기를 구구절절 듣고 앉아있는 엄마도 한심해 보였고, 가만히 앉아 묵주 알을 굴리며 기도하는 근심 어린 표정도 헛되어 보였다.

엄마는 '기도의 빚을 지면 안 된다.'라고 하시곤 했는데, 타인들이 기도를 부탁하거나 기도해 준다고 약속해 놓고는 기도를 해 주지 않으면 고스란히 빚이 된다는 이야기였다. 그렇게 엄마의 등에 얹힌 영혼들은 하나둘 늘어갔고, 엄마의 기도 시간은 점점 길어졌다. 딸의 심통도 늘어갔다. 내 기도를 하는 것 만해도 바빠 죽겠는데 무슨 남의 기도를 저렇게 오래 해야 한담? 남들은 다 기도해 준다고 해놓고 남의 일은 잊고 살거나 잘 안되기를 바라고 살던데, 저렇게 미련스레 살아서 뭐가 남으려나 싶었다. 부모 자식 간에도 딱하고 안쓰러워 보이는 일은 있게 마련이다.

엄마는 으레 그런 것으로 받아들이며 살던 어느 날이었다. 한 차례 크게 앓은 이후로 한동안 산보를 다녔다. 동네 야산을 한 달에 두어 번 정도 오르내렸다. 야트막한 산길을 가다 보면 이정표 격이 되는 제법 큰 나무가 있었는데, 그 아래에는 누가 어떤 이유로 쌓았는지 알 수 없는 돌탑이 있었다. 나름 산길의 서낭당인 셈이었다. 산길을 가는 사람들은 오르내리며 그 탑에 돌멩이를 하나씩 올려놓곤 했다. 그렇다고 해서 그 서낭당이 유동 인구만큼 높아지는 것은 아니었다.

가만 보니 서낭당이 높아지려면 꼭대기에 돌을 쌓는 것이 중요한 게 아니라 바닥에 너르게 많은 돌이 깔려야 했다. 그래야 그 밑바닥부터 차곡차곡 더 많은 돌을 쌓아 높은 탑을 만들 수 있는 것이었다. 하지만 사람들은 아무도 바다에 돌을 쌓으려 하지 않고 악착같이 꼭대기에 돌을 올려놓으려고 했다. 큰 돌이 굴러 내릴 것 같으면 조약돌이라도 올려놓고 가곤 했다. 그 모습이 의아했지만 어쨌거나 그로 인해 그 자그마한 서낭당은 늘 같은 높이를 유지할 수 있기도 했다.

어느 날 같은 길을 가는데 한 나이 지긋한 아주머니께서 서낭당의 제일 밑바닥에 돌을 놓아두고 있었다. 보통 사람들은 어떻게든 가능한 위쪽에 자신의 돌을 놓으려 안간힘을 쓰기 마련인데 쭈그려 앉아 바닥에 돌을 놓는 아주머니의 행동이 신기했다. 호기심이 일어 나무 의자에 앉아 더위를 식히는 척하며 아주머니를 지켜보았다. 아주머니는 서낭당 제일 밑바닥을 한 바퀴 빙 돌 듯한 모양새로 큰 돌들을 둘러싸 놓고는 합장인지 기도인지 모를 모습으로 한동안 손을 가만 모으더니 자리를 떴다.

돌에 머리를 맞은 것 같은 기분이었다. 딸이 그토록 원망했던 엄마의 기도는 서낭당의 아래층에 깔린 돌이었다. "착한 끝은 있다"거나 "내가 '남 좋은 일'하면 결국 너희에게 간다."라고 입버릇처럼 하시던 말씀도 결국 서낭당의 밑바닥을 다지는 일이었던 것이다. 어차피 굴러떨어질 좁은 공간에서는 까치발을 들고 도움닫기를 해도 오래 갈 수 없다는 것을 엄마도, 그 아주머니도 알고 있었던 것이다.

어머니는 매일 기도의 돌탑을 쌓아 가고 있었다. 기도가 길어지고, 어머니에게 기대는 영혼이 많아질수록 탑은 높아져 가야 했을 것이다. 그렇게 묵묵히 쌓아 올리는 탑의 가장 위에 딸이 있었고, 아들이 있었고, 남편이 있었다. 기도를 부실하게 하거나 대충 하면 그 맨 꼭대기 돌이 무너질까 봐, 엄마의 기도는 그렇게 정성을 다해야 했다. 우리 가족을 더 높은 곳에 올리기 위해 엄마는 끊임없이 낮은 곳에서 돌을 쌓고 있었던 것이다.

이 나이를 먹도록 살아오며 거쳐 온 무수한 위기 속에서 용케 살아남을 수 있었던 것은 모두 엄마의 기도 덕분이리라. 엄마라는 존재는 왜 이렇게 딸의 마음을 울컥하게 하는가.

옛날 사람들이 서낭당에 돌탑을 쌓으며 기도하던 그 마음과 어머니가 가족을 위해 기도하는 마음은, 그가 믿는 신이나 기도의 형태는 다를지언정 진심의 무게는 다르지 않다. 우리는 모두 마음에 돌탑 하나씩을 쌓으며 살아간다. 그 탑을 올리며 인내와 희생을 감수하고 살아가는 것은 사람들의 우둔함 탓이 아니다. 그 탑의 맨 꼭대기에 있는, 가장 사랑하는 이들의 안위와 행복을 바라는 마음이 그만큼 크고 진실하기 때문이다. 이렇게 겁 많고 소심한 필부들의 작은 소망이 우리 세상을 살만한 곳으로 지탱하고 있는 힘일 것이다.

엄마에게 핀잔을 주던 딸은 언제부터인가 엄마를 닮아 가는 모습을 발견한다. 남들을 위해 기도하고 제 몸을 수그리는 것이 익숙해진다. 물론 딸이 하는 기도의 기저에는 어쩔 수 없는 기복 신앙이 자리 잡고 있다. 타인을 위한 기도와 축복이 내 가족에게 돌아오기를, 나의 진심을 내가 사랑하는 사람들이 오롯이 되받을 수 있기를 바라는 마음이 있기 때문이다. 그리하여 딸도 엄마도, 가장 낮은 곳부터 조용히 돌탑을 쌓아 간다. 우리만의 서낭당을 쌓아 간다.

# 부모는 무릎 기며 가는 것

"부모는 무릎 기며(무릎 꿇고 기어가며) 가는 거다."

엄마는 항상 말씀하셨다. 자식 자랑은 팔불출이라지만, 가끔은 엄마가 내 자랑을 좀 해 주었으면 할 때가 있었다. 제법 큰 상을 타거나 전교 1등을 해도 좀처럼 남들에게 나의 업적을 알려주지 않는 어머니가 야속했다. 그러나 주위에서 자녀들의 업적을 물으려 할수록 어머니는 더더욱 입을 다물었다.

옛날 옛적 우리네 어머니들은 귀한 자식일수록 귀신이 탐할까 봐 '개똥이'라고 불렀다지만, 그것이 현대에도 통하는 풍속은 아니지 않은가. SNS는 자식 자랑으로 넘쳐나고 '내 자식 천재설'은 모든 어머니가 한 번씩 제기하는 가설이 아니던가. 시대에 발맞추어야지 어머니 혼자 짐짓 겸양해서는 나만 부족한 것처럼 보이지 않겠는가. 그러나 어머니는 좀처럼 주장을 굽히지 않았다. 꼭 알릴 필요가 있는 소식은 가까운 지인과 친척 몇 사람에게만 알렸다. 대학 입학이라던가 취직과 같이 인생의 전환점이 되는 소식일 경우였다. 그마저도 신문 기사처럼 사실만을 건조하게 전했다.

뛸 듯이 기쁘더라도 그 기쁨을 드러내지 않는 것이 더욱 어렵다는 것을 나이가 들어서야 알았다. 사람은 내가 사랑하는 사람을 위하여 낮아지고, 소중한 존재를 위해 엎드린다. 그의 최선을 위해 나의 최선을 포기하고 그의 행복을 위해 나의 희생을 감수한다. 이 모든 것을 우리는 얼마나 기꺼운 마음으로 행하는가. 사랑의 신비이며 기적인 것. 사랑은 온유하고 오래 참는다는 것, 그중에 제일은 사랑이라는 것. 성서에 존재하는 구절이 그럴듯한 말들을 써 놓은 것이 아니라, 실재하는 사실이기에 성서로 옮겨졌으리라는 것을 나중에야 깨달았다.

사랑이 무엇인지 아직도 정의를 내리지는 못하겠다. 내가 받은 사랑이란, 내가 주어야 하는 사랑이란 이런 것이리라 짐작할 뿐이다.

사랑은 착하고 착한 것, 선하고 선한 것, 순하고 순한 것이라고. 진정한 사랑이란 항구히 선을 추구할 수 있는 원동력이자 나와 상대와 세상을 향해 더 밝은 빛을 비출 수 있게 하는 기름일 것이라고.

　사랑의 세례로, 그 숭고한 기름 부음을 받음으로써 사람은 그 어떤 등불보다 주위를 환하게 밝힐 수 있으리라고. 사랑이란 본디 가장 아래에 깔려 가장 빛나는 것이기에.

## 우렁각시 엄마

"됐다니까. 그냥 얼른 가."

"이 꼴을 보고 어떻게 그냥 가."

"나 지금 나가야 한단 말이야."

"넌 그냥 볼일 보러 가라니까. 어차피 너 있어봤자 걸리적 거리기만 해."

적어도 한 달에 한 번은 엄마가 딸 집에 들른다. 됐다고 등을 떠밀고 목소리를 높여도 엄마는 굳이 청소해 주고 가겠다며 팔다리를 걷어붙인다. 그런 엄마에게 부아가 치밀어오른다. 오늘은 반드시 엄마를 막으리라고 다짐하지만, 엄마는 기어이 딸의 등을 떠밀고 당신이 청소를 한다.

엄마가 청소하는 것이 싫은 것은 아니다. 솔직히 말하자면 싫기는커녕 너무너무 좋다! 엄마가 한 번 왔다 가면 우렁각시가 왔다 간 듯 집이 반짝반짝해진다. 바닥에는 먼지 하나 없고 책장이며 침대 밑이며 싱크대도 모두 구석구석 빛난다. 어째서 내가 할 때는 그처럼 산만하다가 엄마의 손길이 스치고 나면 마법처럼 빛이 나는 것일까. 퇴근하고 집에 돌아오면 손가락 하나 움직이기 싫은 날도 많다. 나에게도 집사람이 있으면 좋겠다, 진심 어린 혼잣말을 할 때도 많다. 특히 분리수거하러 내려가기 귀찮거나 음식물을 처리해야 할 때는 누군가 집안일을 좀 대신해주면 얼마나 좋을까, 하는 생각이 간절하다.

여자라고 사회생활이 면제되는 시대가 아니다. 경제활동과 가사노동이 모두 여자의 몫이 되는 것이 버겁다는 두려움을 뒤집어 보면 가사노동의 고단함이 경제활동에 뒤지지 않는다는 판단이 기저에 있다. 가사도우미를 쓸 정도의 평수는 단연코 아니며, 조금 부지런히 몸을 움직이면 충분히 관리에 무리가 없는 세간살이다. 청소에 대한 애착도 조금은 있다. 주말 이틀 중 하루는 혼자만의 청소 시간을 가진다. 나름의 의식이라고나 할까. 흰 빨래, 검은 빨래, 수건 등을 나누어 빨고 보이는 바닥 면이라도 물걸레질을 해 주면 속이 후련하다. 요리를 즐기지 않는 것 역시 모처럼 깨끗하게 치워 둔 부엌을 다시 어지럽히기 싫기 때문이라 항변한다.

이처럼 힘겨운 청소가 엄마라고 즐거울 리 없다. 딸의 집보다 훨씬 크고 넓은 집을 매일 혼자서 청소하고 세 식구의 빨래도 혼자서 하면서 음식까지 해야 하는 엄마에게 딸 집의 청소까지 맡기는 것은 도리가 아니라는 생각에 도리질을 한다.

손을 내젓고 성을 내고 우는 얼굴까지 해 보아도 엄마와의 실랑이는 매번 딸의 패배로 끝난다. 엄마의 굳은 의지를 꺾기 어렵기 때문인지, 내심 엄마가 청소해 주는 것이 미덥고 든든하기 때문인지 알 수 없다. 분명한 것은 엄마가 청소해 주고 나면 집 안에 광이 난다는 것, 그래서 적어도 며칠간은 집에 돌아와서 기분이 좋다는 것이다. 어쩌면 엄마에게 됐다고 말하면서 속으로는 엄마가 청소하러 오겠다고 말해 주기를 기다리고 있는 것은 아닐까. 아무리 만류해도 결국은 엄마가 집안을 윤이 나게 만들어 줄 것을 알기에 엄마를 말리는 시늉만 하는 것은 아닐까. 그러면 너무 나쁜 딸인 것 같은데 실제로 내가 그 나쁜 딸인 건 아닐까. 물론 세상에 공짜는 없다. 대가로 몇 바가지의 잔소리를 두고두고 들어야 할 것이다.

"아휴, 방인지 돼지우리인지 모르겠더라고."

"그럼 돼지가 기분 나쁘지. 돼지도 쟤가 어질러놓은 걸 보면 못 살겠다고 나갈 거야."

엄마와 아빠는 맞장구를 치며 합동 공격을 할 것이다. 넌 언제 사람이 될 거냐는 부모님의 잔소리에 딸은 심드렁히 백일동안 쑥과 마늘을 먹어 보지 뭐, 라고 응수해 더 큰 잔소리의 무한 루프를 이끌어 낼 것이다. 그래도 빨래를 널어놓은 방식에서, 청소기를 둔 위치에서, 옷을 개어둔 모습에서 엄마의 흔적이 보이는 것이 좋다. 엄마가 바로 옆에서 잔소리를 하는 효과는 덤이다. 이런 덤은 글쎄, 내가 바란 것은 아니었지만…. 역시 세상에는 공짜가 없다. 엄마는 모든 자녀가 가장 듣기 싫어하는 말을 꼭 후렴처럼 붙인다.

"나중에 너 똑 닮은 애 낳아서 키워봐라."

엄마는 어떻게 다 알까

매일매일 일어난 일들을 일기장처럼 엄마는 알고 있다.

엄마에게 하지 못하는 이야기는 아무것도 없다.

엄마가 없었더라면 아무것도 하지 못했을 것이다.

# 바보 엄마

사람은 누구나 힘들고 외롭다. 그래서 우리는 내 어려움만 감당하며 사는 것이 아니라 다른 사람들의 고통도 함께 짊어지며 가는 것이다.

너는 혼자 힘든 일을 이겨냈다고 생각하지만, 보이지 않는 많은 사람의 응원과 기도와 노력이 함께 했기에 그 터널을 지날 수 있었다.

엄마는 늘 말씀하셨다. 잘 된 것은 모두의 기도 덕분이며 잘못된 것은 내 탓이라고. 딸은 그런 엄마가 바보 같다고 생각했다.

"내가 도와준 사람들은 정작 내가 힘들 때는 모두 연락이 뜸해지며 외면하던걸?"

"조금 괜찮게 사는 것 같아 보이니 갑자기 앞다투어 연락하던 것으로?"

"연락해서는 또 도움을 청하고 앓는 소리를 하던걸?"

"엄마 때문에 나는 맨날 손해만 봐. 엄마 혼자 힘들게 살면 될 걸 왜 나까지, 자식까지 힘들게 만들어."

엄마한테 화풀이할 때마다 엄마는 아무 말도 하지 않았다.

세상은 엄마처럼 살아서는 안 되는 것이었다. 회사에서 좋은 평가를 받으려면 남의 공도 가로채서 내 것처럼 포장하고, 내 실책은 최대한 남에게 떠넘길 줄 알아야 한다. 진심 어린 조언보다는 입에 발린 아부를 하고, 아랫사람은 쥐어짜고 윗사람에게는 엎드려야 한다. 효과적인 친절과 기회주의적인 선행을 베풀고, 적당한 이기주의와 선택적 이타주의로 살아야 하는 것이다. 권모술수와 약육강식이 판치는 사회에서 원칙대로 정석대로 하려 해서는 뒤처질 뿐이다. 조직에 헌신하고 남의 일도 내 일처럼 생각하다가는 일찍 몸 져 누울 뿐이다. 내 앞가림 하나 하기 힘든데 남의 고통까지 부러 보듬어 줄 필요는 없는 것이다.

얼마 전 회사에서 다른 부서로 이동하기 위해 공모 절차를 밟은 적이 있다. 면접 대상자로 선정되어 지원서를 제출한 부서의 부장님과 면접을 보게 되었다. 이전부터 친분이 있는 부장님이었지만 지원했다는 사실을 사전에 밝히지는 않았다. 면접 대상자는 인사부에서 먼저 심사하여 해당 부서로 통보한다. 만약 1차 관문을 통과하여 면접을 보게 된다면 자연히 아실 것이고, 면접을 보지 않게 되면 굳이 알릴 필요도 없는 일이 될 것이었다. 무엇보다도 미리 알려 공정성에 문제가 생겨서는 안 되는 것 아닌가.

부장님은 놀라시며 왜 지원했다고 미리 이야기하지 않았는지 물었다. 그런 당연한 걸 묻다니 의아했다. 면접을 보게 될지 여부조차 알 수 없는데, 구태여 지원 사실을 알릴 필요는 없지 않은가. 면접 대상자가 되었다면 더더욱 조심해야 한다. 작은 절차지만, 비공식적인 경로로 청탁을 하는 것처럼 보인다면 비도덕적인 일로 시비에 휘말릴 수도 있다. 자초지종을 설명하니 부장님은 잠시 생각에 잠겼다가 말씀하셨다. 생판 모르는 사람들도 어떻게든 연줄을 동원해 연락하는 통에 수십 통의 전화를 받으셨다고.


면접을 보고 나오며 실소가 터졌다. 어처구니가 없었다. 나름의 잣대로 옳고 그름을 분별하며 사는 동안 남들은 다 트

랙을 벗어나 지름길로 달리고 있었다. '남들 다 해도 너는 그래서는 안 되는' 방법으로 살다 보니 어느새 뒤로 밀려나 있는 기분도 든다. 잘하는 것인지 어리석은 것인지는 모르겠다. 그러나 미련한 방식이라 한들 이제 바꾸기엔 너무 늦어 버렸다. 30년을 넘게 고수해 온 가치관과 삶의 관성은 쉽사리 변하지 않을 것이다.

엄마에게 바보 같다고 타박하던 딸은 더한 바보로 자랐는지도 모를 일이다. 딸은 앞으로도 똑똑해질 수 없을 것이다. 이게 다 엄마 때문이다.

엄마는 바보다.
엄마 같은 바보가 되고 싶다.

# 너 이제 혼날 때 됐지

회사에서 사수에게 호되게 야단을 맞았다. 나이가 나이인
지라 고성이 오가거나 호통을 치지 않았을 뿐, 내용으로 보아
서는 꽤나 묵직한 꾸지람이었다. 이 나이에 상사에게 싫은 소
리를 듣는 것은 민망하기보다는 미안한 일이다. 회사에 누를
끼치는 직원이 되기에는 연차가 좀 오래되었고, 성과가 더디
게 나오기에는 경력이 좀 오래되었다. 눈치가 없기에는 나이
도 좀 많아졌다. 이래저래 변명할 구석도 면피할 핑계도 없
다. 정면으로 깨지고 전면으로 개선할 수밖에.

부서 이동을 한 지 한 달 남짓이 되었다. 같은 회사 안에서
부서를 옮겼을 뿐인데 근무 환경도, 업무 성격도, 부서의 인
력 구성도 판이하게 달랐다. 숫제 이직했다 해도 이처럼 생경
하지는 않으리라. 다른 회사에서 일하는 기분이지만 다른 사
람이 될 수는 없었다. 10년 가까이 몸에 익은 성향과 습성을
버리고 완전히 다른 스타일로 일을 해야 하는데 윗분의 눈에

비친 나는 한 달이 지나도 제자리걸음이었나 보다. 기대치에 미치지 못한다는 말이 무엇보다 가슴에 박혔다. 사람이란 모름지기 밥값은 해야 하는데, 월급만큼의 값어치를 하지 못해서는 곤란하지 않겠는가.

신입사원 시절, 유난히 날카롭고 일을 똑 부러지게 하던 사수는 야단치는 것도 매서웠다. 자그마하지만 꽉 찬 사수 언니 앞에 키만 컸지 텅 빈 나는 머리를 조아리고 있었다. 일을 어찌나 야무지게 하는지 그 작은 사수 언니가 내게는 무척이나 크게 보였다. 어느 날 동기를 만났을 때 시무룩하게 말했다.

"나 엄청 오래 살 것 같아. 욕을 하도 먹어서."

"야, 그 정도로 오래 살면 난 안 죽어."

지금도 그런 기분이다. 불멸의 이순신도 아니고, 죽지 않고 사라질 뿐이라는 맥아더 장군도 아닌데, 이렇게 혼이 나다가 불사불멸이 되면 어쩌나. 엄마에게 이야기했더니 엄마는 남의 얘기를 하듯 무심히 말했다.

"너 이제 혼날 때 됐지."

어릴 때부터 늘 늦자라는 아이였다. 키는 큰데 마음은 콩알만 해 소심하기 이를 데 없었다. 겁은 많고 적응력은 부족했다. 환경이 바뀌거나 하면 영락없이 앓아누웠다. 유치원에서 캠프를 갔을 때도 2박 3일 내내 울다 오곤 했다. 그래도 엄마는 굴하지 않고 캠프에 보냈고 딸도 나아지지 않았다. 멋진 성장 스토리는 나오지 않았고 늘 좌충우돌의 과정을 거쳐야 했다. 엄마는 선수를 치는 데 도사였다. 선생님들을 만나면 신신당부를 했다.

"얘가 좀 느린데, 알아서 하게 놔두세요. 챙겨주실 필요 없어요."

"얘가 행동도 느리고 꾀도 많아요. 잘못하면 야단치세요."

선생님들은 엄마의 냉정한 평가에 당황하기도 하고 고마워하기도 했다. 딸은 속으로 부아가 치밀었지만, 엄마 말이 틀리지 않아서 반박도 못 했다. 여간해서는 편들어주지 않고, 잘못을 지목할 때는 칼날 같은 엄마 덕분에 보기와는 달리 쓴소리와 꾸지람에 끄덕없는 면역이 생겼다.

싹싹하지는 못해도 씩씩하게는 만들어 준 엄마가 있어 다행이다. 좀처럼 내 편을 들어주지 않는 엄마가 있어 다행이다. 누구보다 매섭게 비판하고, 누구보다 엄정하게 꾸중하고, 누구보다 단호하게 판단하고, 누구보다 직설적으로 적시하는 엄마가 있어 다행이다. 비난에 발끈하거나 지적에 주눅 들지 않는 강한 맷집이 생긴 것은 엄마 덕분이다. 아, 그래도 귀여운 여동생 같을 줄 알았는데 군대 후임 같다는 이야기를 들은 것은 엄마 덕이라 해야 할지 엄마 탓이라 해야 할지. 여기까지만 하면 그럭저럭 훈훈할 텐데 엄마는 꼭 한마디를 덧붙인다.

"넌 가끔씩 야단을 좀 맞아야 정신을 차리잖니."

# 엄마는 어떻게 다 알까

딸과 엄마는 비밀이 없다. 팀 과제를 하게 되면 누가 농땡이를 부리는지, 누가 잘하고 누가 잘 못 하는지에 대해 모두 엄마에게 이야기를 하곤 했다. 무임승차자에 대해 비판하고 열심히 하는 나의 억울함을 토로했다. 그러나 엄마는 딸 편을 들어 주지 않았다.

"어차피 여러 명이 하는 일은 한두 명만 일을 하게 되어 있어. 일을 도맡아 하는 몇 명만 잘하면 돼. 합창단에서도 모두가 노래를 잘 하지 않더라도 노랫소리는 아름답잖아. 너도 또 다른 일을 할 때는 잘 못 하는 사람들에 속할 수 있는 거야. 잘 못 하는 사람들이 있어야 네가 돋보일 수 있는 것처럼, 또 어떤 상황에서는 네가 고만고만한 사람이라서 다른 사람들을 돋보이게 해 줄 수도 있는 거야. 사람 사는 게 다 그런 거야."

엄마가 대학을 다니던 시기에는 팀 과제나 조별 PT 같은 것이 없었을 텐데, 엄마는 회사에 다녀본 적도 없는데 어떻게 이런 걸 다 알고 있을까. 내심 감탄하였다. 실로 세상은 고른 분포로 돌아가서, 내가 어떤 일을 좀 잘한다고 뽐내고 싶으면 이내 뭔가를 잘하지 못해 주눅들 일이 생긴다. 사실은 잘난 척을 할 필요도 의기소침할 필요도 없다. 그저 맡은 바 일을 열심히 해 내고, 함께 하는 사람들에게 피해를 주지 않으면 될 뿐이다. 정말 재능이 없는 일을 하게 되거나, 피치 못한 상황이 닥쳤을 때는 아무리 열심히 해도 남들에게 걸림돌이 될지도 모를 일이다.

지금도 회사에서 무슨 일이 있으면, 혹은 친구들이나 지인들과 무슨 일이 있으면 엄마에게 쪼르르 이야기를 쏟아 놓는다. 엄마는 모든 일을 터놓을 수 있는 나의 대나무숲이자 함께 고민하는 상담사이자 길의 좌표를 알려주는 나침반이므로. 엄마는 회사 일이나 시스템에 대해서는 잘 알지 못할 테지만 크게 문제 되지는 않는다. 대신 내 친구들이나 지인들, 회사 동료들의 이름이나 특성을 엄마는 거의 다 알고 있다. 매일매일 일어난 일들을 일기장처럼 엄마는 알고 있다.

엄마에게 하지 못하는 이야기는 아무것도 없다.

엄마가 없었더라면 아무것도 하지 못했을 것이다.

## 피아노

피아노 연습을 하기 시작했다. 얼마 전, 실로 오랜만에 피아노를 친 것이 발단이었다. 얼떨결의 일이었다. 회사 행사를 하는 장소에는 피아노가 한 대 놓여 있었다. 시간이 남아 건반을 눌러 보다가 피아노 의자에 앉아버린 것이다. 피아노를 제대로 연습한 것은 20년이 넘었기에 손이 굳지는 않았을까 염려가 앞섰다. 한창 피아노를 칠 때처럼 자유자재로 손이 움직여지지는 않았으나 손은 얼마간의 움직임을 기억하고 있었다. 손가락이 건반 위에서 반사적으로 움직였다. 음을 머릿속에 계산해도 실수가 잦았다. 그래도 피아노를 치는 것은 무척 즐거웠다.

잘 치는 솜씨는 아니었지만 사람들은 피아노 소리가 듣기 나쁘지 않았나 보다. 생각보다 반응이 괜찮았다. 업무를 제대로 하기에도 바쁜 열혈 사원은 덜컥 피아노 학원을 등록했다. 좀 더 열심히 연습해서 다음에는 제대로 쳐 봐야지, 가

아니었다. 오랜만에 피아노를 치니 재미있구나. 이 재미있는 걸 이토록 오랫동안 잊고 살았다니. 피아노 학원은 강습보다는 연습실 대여 위주였다. 큰 상관은 없었다. 잘 치고 싶은 욕심이 있는 것이 아니라 단지 피아노가 치고 싶었을 뿐이므로. 어릴 때처럼 밤늦게 피아노를 치면 안 된다는 염려나 이웃집에서 전화가 올까 조바심 내지 않아도 되는 공간이 있는 것으로 되었다. 그저 치고 싶은 곡의 음을 간신히 흉내 내는 수준이지만, 더듬거리느라 좀처럼 진도가 나가지 않는 곡도 허다했지만, 줄곧 키보드 위만 움직이던 손가락이 건반 위에서 음을 만들어 내는 것을 보고 들으며 즐겁고 평온했다.

문득 엄마가 몹시 고마웠다. 처음부터 피아노를 배우기 시작한 것은 아니었다. 손에 쥔 최초의 악기는 바이올린이었다. 당시에도 엄마를 졸라 바이올린을 배웠다. 유치원 때였다. 아파트 단지에 위치한 초등학교 지하의 비좁고 어두운 연습실에서 턱이 아프게 바이올린 연습을 했다. 신동 소리를 들을 정도는 아니어도 바이올린을 꽤 좋아했다. 그러다가 돌연 피아노로 마음을 바꾼 것은 초등학교를 입학하면서부터였다. 학년이 올라가면 선생님은 반에서 피아노를 잘 치는 아이들을 골라 피아노 반주를 시켰다. 피아노 반주자가 되고 싶다는 단순한 바람으로 바이올린을 그만두고 피아노로 선회했다. 아파트 단지에 피아노를 전공하신 분이 있어 그 집에 가서 피아노를 배웠다. 이전 레슨이 늦게 끝나면 그 집 오빠와 놀곤 했다.

원하는 것들을 모두 배울 정도로 여유가 넘쳤던 적은 없지만, 엄마는 이모가 입던 옷을 받아 입으면서도 딸의 학원비를 아끼지 않았다. 그러나 딸의 고질병을 엄마는 알고 있었다. 딸은 뭐든 시켜달라 졸랐고 엄마는 여러 차례 다짐을 하게 한 후에야 학원을 보내 주었다. 그러나 딸은 뭐든 금방 싫증을 냈고 엄마는 다짐을 지키게 했다. 체르니 50번을 간신히 뗀 것도, 수영을 접영까지 간신히 배운 것도, 바둑과 서예를 제법 오랫동안 배운 것도 모두 엄마의 힘이었다. 윤선생 영어와 눈높이 수학이 재미있어 보였던 시기는 오래가지 못했다. 그래도 어쨌든 중학교에 입학할 때까지 계속했으니 5년은 했을 게다. 선택에 책임지는 자세와 매일 조금씩 노력을 적립하는 것의 가치를 알게 해 준 것도 엄마였다.

피아노를 배울 때 엄마는 피아노 연습을 했는지 묻지 않았다. 단지 종종 이렇게 말했다. 하루 연습 안 하면 너 혼자 알지만, 이틀 안 하면 선생님이 알고, 사흘 안 하면 모두가 알아. 이 말이 엄마가 만든 말인 줄 알았는데 아니었다. 피아노의 '신'으로 일컬어지는 피아니스트 아르투르 루빈스타인(Artur Rubinstein)의 말이었다는 것은 나중에야 알았다. "하루를 연습하지 않으면 저 자신이 알고, 이틀을 연습하지 않으면 평론가들이 알고, 사흘을 연습하지 않으면 관객이 안다."는 유명한 말을 남겼다는 것도. "청중이 있는 한, 그리고 손가락이 움직이는 한 연주를 계속하겠다."는 그의 말은 '노력하는 자는 즐기는 자를 따라올 수 없다.'는 말 또한 상기시킨다. 끊임없는 연습, 자신의 일을 즐기는 자세, 겸손함과 꾸준함. 어느 세계에서나 '거장'으로 불리는 사람들은 공통점이 있는 것이다. 숫자의 세계를 사는 사람도 음표의 세계를 사는 사람도 지녀야 할 덕목은 일맥상통하기에 어린 날의 교훈은 아직도 팝업창처럼 떠오른다.

피아노 앞에 앉았던 시절이 주로 아이 때였던 탓일까. 피아노 연주 대회에 나간다는 설렘으로 몇 번씩 대회에 입고 나갈 원피스를 입어보던 아이로 돌아갔다. 피아노 소리에 시간이 교차했다. 희고 검은 정갈한 건반들이 내는 화음이 문득 생경하고 신비했다. 아직도 피아노를 칠 수 있다니. 아직도 손이 건반을 기억하고 있다니. 물론 오랜만에 보는 악보는 어려웠고 음은 줄곧 의도와 다른 불협화음을 냈다. 그래도 즐겁다. 잘 치지 못해도 부끄럽지 않다. 아직 피아노 치는 법을 기억하고 있는 것만으로도 충분히 감사하다. 하루 연습을 거르면 내가 알고 이틀을 거르면 선생님이 알고 사흘을 거르면 모두가 알아. 네가 배우고 싶대서 시켜주는 거니까 네가 책임을 져야지. 어릴 때 매일같이 듣던 엄마의 목소리가 자꾸 들리는 것 같았다. 피아노 연습을 마치고 돌아가는 길은 고단하지만 20년 만에 피아노도 칠 수 있는데 지난 10여 년을 매일같이 해 온 회사 일쯤은 아무것도 아니지, 생각했다. 서른 중반에 다시 피아노 연습을 할 용기를 낼 수 있는 것은, 손가락이 건반 위에서 길을 잃지 않는 것은, 엄마 덕분이다.

# 감사

　회사 행사가 무사히 끝났다. 연말에 하는 타운홀 회의는 연중 가장 큰 행사로, 주요 인사들이 모두 참석하기에 몇 달 전부터 부담이 컸다. 행사를 앞두고는 계속 황당한 꿈으로 잠을 설쳤다. 전쟁의 발발과 대피로의 확보와 같이 손에 땀을 쥐는 상황이 배경이었으나 나의 관심사는 오로지 회사의 타운홀뿐이었으며, 타운홀 개최 여부가 어떻게 될 것인지 발을 동동대다가 잠에서 깼다. 같은 날 회의를 하다가 부장님께서 지친 표정으로 말씀하셨다. "제가 어제 악몽을 꿨어요." 순간 나와 사수님은 동시에 외쳤다. "어, 저도요!" 이럴 지경이니 이 대형 회의가 무사히 끝난 것에 우리는 한마음으로 기뻐했다. 딸은 엄마에게 보고를 해 주는 것으로 일과를 마무리한다. "엄마 잘 끝났어. 이제 밥 먹고 들어가는 길이야."

　"그래, 감사하다."

　엄마의 첫마디는 감사하다, 였다. 다행이다, 잘됐다, 잘했다… 이런 많은 말이 아닌, 감사하다. 생각해 보면 우리는 많은 표현을 '감사하다'는 말로 묶어 버리곤 했다. 취업을 했을 때나 졸업을 할 때와 같은 좋은 일 앞에서 기쁨의 표현은 늘 감사로 시작되어 감사로 끝났다. 특정 대상에게 감사하는 것은 아니었으나 어쩌면 모두에게 감사하는 것 같기도 했다. 엄마의 감사함은 집안 대대로 물려오는 유전이나 유물 같은 것이다. 엄마는 아마도 외할아버지에게서 배웠을 것이다. 외할아버지는 늘 나와 오빠를 보며 감사하다, 감사하다 말씀하시곤 했으므로.

외할아버지께서 쓰러지신 것은 중학교 무렵의 일이었다. 칠순이 넘어서도 매일 역기를 들 정도로 정정하시던 외할아버지였으나 삐끗하여 몸져누우시는 것은 한순간이었다. 이후 돌아가실 때까지 10여 년을 병석에 계셨다. 말년의 외할아버지는 말씀하시는 것조차 힘겨워하셨다. 외할아버지의 병문안을 갈 때마다 외할아버지는 의지대로 움직여지지 않는 손을 간신히 내밀며 반가워하셨고, 내가 할 수 있는 일은 고작 손을 잡아드리며 인사드리는 것뿐이었다. 병실 안으로 들어오는 손녀를 볼 때면, 제대로 가누어지지도 않는 몸을 일으키려

애쓰셨다. 검버섯이 피고 해쓱한 얼굴에는 봄꽃 같은 웃음이 만개하였다.

외할아버지는 매사 근엄하고 꼿꼿하셨다. 자태가 흐트러지는 법이 없었을 뿐 아니라 우리의 몸가짐이나 생활 태도에 대해서도 종종 지적을 하셨다. 여자는 입을 크게 벌리고 웃으면 안 된다, 치마 위에 뭐 좀 덮도록 해라, 요즘 읽은 책은 무엇이냐 등등. 외할아버지를 뵈러 갈 때면 늘 가장 좋은 옷을 입고 머리띠를 했다. 정정하실 때는 멀게 느껴졌던 외할아버지인데, 병석에 누우신 외할아버지는 입을 벙긋대며 아이같이 웃으셨다. 사회적 지위라던가 체면이라던가 하는 것들에 막혀 있던 감정의 여과장치가 사라진 것 같았다.

"감사하다, 감사하다."

기도가 막혀 목을 두어 번 그르렁거리신 뒤 늘 같은 말씀을 되풀이하셨다. 무엇이 그렇게 감사한 걸까. 그때까지 내가 아는 '감사하다'는 인사란 주로 나이 어린 사람이 웃어른에게 하는 것이었다. 외할아버지께서 손녀딸인 나에게 감사해 하시는 것은 영 어색했다. 감사하다, 고 말하며 외할아버지는 자글자글 웃고 계셨다. 얼굴을 덮은 주름 사이로 말 못 할 사랑이 흘러넘치고 있었다. 웃고 계신데 이상하게 눈물을 글썽이는 것 같기도 했다.

외할아버지가 돌아가신 지 십수 년이 흐른 뒤에야 그 뜻을 어렴풋이 짐작하게 되었다. 아마도 이런 말씀을 하고 싶으셨으리라. "애야, 내가 너를 아주 많이 사랑한다. 내 딸의 딸로 태어나 주어서, 이렇게 잘 장성해 주어서 고맙다. 앞으로도 네가 늘 빛나고 아름다운 사람이 되기를, 어떤 어려운 일이 있어도 잘 헤쳐 나가기를 내가 늘 지켜보고 응원할 것이다. 너는 내게 더없이 소중한 존재란다…" 세상의 모든 좋은 것과 모든 좋은 말을 다 주고 싶었던, 그러나 다 표현할 수 없었던 외할아버지의 애틋하고 절실한 마음이 그 한 단어에 응축되어 있었다. 엄마 없는 딸로 자란 당신의 딸에 대한 애잔함과 안쓰러움, 당신의 딸과 그 딸에 대한 대견함과 흐뭇함까지도.

'감사하다'는 말에 내포된 의미를 깨달았을 때 외할아버지가 문득 사무치게 그리웠다. 저도 감사하다고 말씀드리고 싶었다. 애교 있는 손녀가 못 되었던 탓에 아양스러운 말 한마디를 해 드린 적이 없었다. 그러나 외할아버지는 이미 세상을 떠나신 뒤였다. 생전에 말씀드릴 수 있었어야 했다. 외할아버지는 값나가는 유품이나 거액의 유산을 상속해 주지는 못하셨다. 다만 당신의 딸과 손녀에게 '감사하다'는 말을 되뇌이게 만드는 습관을 남기셨다. 말끝마다, 전화 끝마다 감사합니다, 하는 통에 뭘 그리 감사하냐며 상대방이 웃음을 터뜨린 적도 있다. 허나 마음에 담아둔 고마움과 소중함을 생의 유효기간 동안 전달하는 것은 중요한 일이기에.

행사가 끝난 후 여기저기에서 쏟아지는 칭찬과 격려를 많이 받은 덕분에 하마터면 으쓱해질 뻔했다. 알고 있다. 나의 잘 된 것은 내가 잘해서가 아닌 다른 사람들의 도움이 있었기 때문임을, 나의 잘못된 것은 다른 사람의 부족 때문이 아니라 나의 불찰로 인한 것임을. 그래서 우리는 매일 매 순간 더 나은 사람이 되기 위해 노력해야 하는 것임을. 모든 사랑하는 사람을 향한 모든 좋은 말은 그저 감사함 안에 녹여내야 함을. 일 년 치의 감사를 하루 동안 다 한 것 같은 날이 저물고, 조촐한 부서 회식을 하며 내년의 계획을 이야기했다. 딸은 무거운 감사를 다시 새기며 가벼운 마음으로 잠이 들었다. 실로 오랜만에 푹 잘 수 있을 것 같은 날이다. 감사하고, 감사하고, 감사하다.

# 내 '베프'를 소개합니다

집에 돌아오면 습관처럼 소파에 몸을 파묻고 〈길모어 걸스〉를 본다. 몇 번째 되풀이해 보아도 지겹지 않다. 길모어라는 상류층 가문에서 미혼모가 된 엄마와, 그 딸의 이야기다. 열여섯에 아이를 낳은 엄마는 가끔 딸보다 철딱서니가 없다. 그래도 딸은 매 순간 엄마를 찾는다. 딸의 생일파티가 나오는 에피소드에서 엄마는 딸을 소개하며 이렇게 말한다.

"내 친구 로리를 소개합니다"

또 다른 에피소드에서 딸은 아버지와 다툰 엄마에게 말한다.

"난 엄마 편이야. 엄마가 옳고 아빠가 틀려서가 아니라 무조건 엄마 편이야."

심각한 범죄를 일으켰거나 민형사상 배상의 책무가 있는 행동에 속하지 않는다면, 신변잡기적인 갈등은 대체로 주관적이다. 설령 내 귀책사유임이 확실하더라도, 가끔은 무조건

내 편이 되어줄 사람이 필요하다. 그래서 엄마와 딸은 서로의 잘못을 지적하더라도 결국은 서로의 편이 되어준다. 사실 판단의 영역과 누군가의 손을 들어주는 영역은 분리된 것이다. 엄마 뒤에는 내가, 내 뒤에는 엄마가 있다. 무조건.

이런 대상을 보통은 '베프(best friend)' 라 칭한다. 엄마는 엄마이기 이전에 나의 '베프' 였다. 그런데 원래 절친이란 역설적인 관계이다. 가장 친밀하면서 가장 냉정하고, 가장 가까우면서 가장 많이 다투기도 하는 것이다. 냉전은 일주일이 넘게 이어지기도 했다. 서로에게 투명 인간인 척하며 자존심을 내세우는 시간이 며칠이고 계속됐다. 중간에 낀 아버지와 오빠는 눈치를 보며 답답해했다. 여자들의 복잡미묘한 감정과 섬세하고도 세밀한 갈등의 양상을 남자들은 결코 이해하지 못했다. 단편적인 조각을 이어붙이는 것만으로는 완성할 수 없는 감정의 영역이 있다는 것을. 그러다가 어느 순간 다시 같은 편이 되어 소파에서 수다를 떨고 있는 모습은 더더욱 이해하지 못했다. 이쯤 하면 이해하지 말고 외울 때도 됐는데.

엄마는 오늘도 딸에게 할 이야기가 끊임이 없다. 쇼핑몰에서 할인하는 옷을 29000원에 구입했다거나, 화분에 물을 주는 방식을 달리했더니 더 잘 자라는 것 같다거나, 오른쪽 어깨 통증이 계속 낫지 않는다거나 하는 등의 이야기다. 대단한 사건이 벌어졌거나 특별한 일이 발생하지 않아도 대화는 좀처럼 끊기지 않는다. 딸 역시 엄마에게 할 말이 한가득이다. 오늘은 회사에서 중요한 행사를 무사히 마쳤으니 당연히 이야기를 해야 하고, 흡족했던 구내식당 점심 메뉴와 영 계획대로 진도가 나가지 않는 ppt 이야기도 한다. 다이어트를 해야 하는데 식욕이 감퇴되지 않는 고충을 이야기하고, 너는 늘 식욕이 줄지 않으니 그냥 포기하라는 조언도 듣는다. 한 시간 넘게 이야기를 계속하다가 퍼뜩 정신이 들어 전화를 끊으며 말한다.

"내일 다시 전화할게."

언젠가는 엄마가 될지도 모른다. 엄마가 된다는 것은 두렵다. 나이는 들어가고 체력은 내려가는 것이 두렵고, 나 한 몸 추스르기도 정신없는데 한 생명을 책임질 수 있을까 두렵다. 스스로가 너무 부족한 사람인 것 같아 두렵고, 나의 단점을 자녀가 닮을까 두렵다. 무엇보다도 엄마 같은 엄마가 될 수 없을까 두렵다. 한편 엄마를 생각하면 용기가 솟아오르기도 한다. 엄마는 내 best friend 인데, 정작 엄마에게는 베프가 없었을 것이기에. 엄마 또한 누구도 알려주지 않은 길을 혼자 힘으로 개척했어야 할 것이기에. 지금의 나보다 훨씬 어린 나이에 엄마가 되었지만 지금의 나보다 훨씬 현명하게 역할을 수행해 왔기에.

"엄마는 누가 가르쳐 줄 사람도 보고 배울 사람도 없었어. 그냥 너희들 잘 키워야겠다는 생각 하나였지. 그러면 그냥 다 하게 돼. 지나고 나면 어떻게 했는지 모르겠다만 그때가 되면 다 하게 돼."

어쩌면 엄마가 된다는 것은 그냥 자연스럽게 터득하게 되는 일인지도 모르겠다. 좋은 엄마가 되는 법은 정답이 없지만, 좋은 사람이 되려고 노력하면 자연히 좋은 엄마가 될 수 있을 것 같기도 하다. 더 나은 사람이 되기 위한 노력의 연장선상에 엄마의 역할도 포함되어 있는 것이 아닐까. 그래서 덜 걱정하고 더 꿈꾸려 한다. 아직은 딸의 삶을 누리고 있는 것에 안도하며.

# 어머니가 모든 곳에 있을 수 없기에 신이 탄생했다

홉스는 그의 저서 〈리바이어던〉에서 국가를 '세속의 신(mortal god)'이라 표현했지만, 이제 세속에 사는 모든 사람들은 국가에 대해 신적인 믿음을 잃은지 오래다. 현실을 사는 우리가 더욱 의지하는 신은 어머니가 아닐까. 어머니는 통치하지 않아도 지배하고 무력이 없이도 권위가 있고 납세하지 않아도 보호를 제공한다. '수신제가치국평천하(修身齊家治國平天下)'에서도 알 수 있듯 국가를 이루는 단위인 가정이 바로 서면 국가는 자연히 큰 탈 없이 흘러갈 것이다. 그러나 가정이 바로 서기 위해서는 어머니가 필요하다. 개인이 바르게 자라기 위해서도 어머니의 존재는 필수불가결하리라. 비단 그 탯줄에서 나온 어머니가 아니더라도, 기대어 의지할 '엄마'를 찾는 것은 인간뿐 아니라 지각을 가진 생명체의 공통된 현상이다.

국가도, 신도 개인의 고통을 모두 구원하지는 못한다 여겼다. 개인의 물질적, 심리적 구제는 스스로의 몫이라 여겼다. 신문고를 두드린다 한들 갈등이 해소될 리 없고, 밤낮으로 기도한다 한들 문제가 해결될 리 없었다. 나 자신만을 믿어야 했다. 따라서 모든 고난이 연합군처럼 밀려오는 순간에도 나를 함락시킬 수는 없었다. 믿었던 친구의 배신, 갑작스러운 사고와 예기치 못한 수술, 부서 이동을 계속 훼방놓던 상사와 의지했던 직장 동료들의 잇따른 퇴사… 동요하기는 했지만 쓰러지지는 않았다. 그러나 엄마의 말 한마디에 나는 맥없이 스러지기도 했고 불사조처럼 일어서기도 했다. 그 모든 것의 시작과 끝은 모두 엄마, 엄마.

신은 모든 곳에 있을 수 없기에 어머니를 만들었다고 했다. 아니다. 어머니가 모든 곳에 있을 수 없음을 깨달은 사람들이 신을 만들어 냈을 것이다. 태산 같은 믿음으로, 대양 같은 사랑으로 품어줄 누군가가, 변함없이 그곳에 있어 줄 누군가가 필요했던 사람들이 신이라는 영속적 존재를 만들어 냈을 것이다. 모계사회의 신은 어머니, 대지의 여신으로 시작하는 것이 일반적인 신화의 근원이 아니던가. 모정에의 갈망과 모성에의 회귀는 진정 인류의 DNA에 잠재된 공통분모가 아니던가.

생명체에게, 사람에게, 혹은 지각이 있는 모든 생물에게 엄마보다 신이 먼저 인지될 리 없다. 더 가까이 있고 실체를 확신할 수 있는 존재 또한 엄마보다 신이 우선할 리 없다. 신의 존재는 나중이었다. 자연 현상을 설명하기 위해, 초자연적 존재에 의탁하여 지배력을 가지거나 안온함을 얻기 위해 사람들은 신의 존재를 정당화했다. 신이 사람들에 의해 발명된 것인지, 발견된 것인지는 모르겠다. 그러나 엄마는 인간의 출생과 동시에 당위적으로 존재하는 무엇이다.

"Oh my God!"과 "엄마야!" 는 결국 같은 말이지 않은가.

# 남 좋은 일 DNA

"남 좋은 일은 남들만 좋은 거예요."

남 좋은 일에는 둘째가라면 서러울 부모님께 우리 남매가 종종 하던 이야기였다. 우스갯소리 삼아 부모님이 여기저기 기부한 액수를 합치면 아파트 평수가 달라졌을 거라고 말하곤 했다. 전래동화나 탈무드에서는 이렇게 좋은 일을 하면 밭을 갈다가도 금은보화가 쏟아지곤 했다. 21세기에는 권선징악의 교훈이 통하지 않게 되었나 보다. 어쩌다 로또를 사도 용케 당첨 번호를 비껴가는 신비만을 체험했다. 길을 가다 백 원쯤 줍는 일은 없었고 지하철에서 도와달라며 쪽지를 돌리는 사람들을 만나는 일은 잦았다. 인공지능 시대에 사람이 만든 교훈은 빛을 잃었다고 생각했다.

아버지는 노숙인과 사회기초수급자를 위한 병원인 영등포요셉의원에서 10년이 넘도록 장기 봉사활동을 하셨다. 그러다 아버지가 탈이 나겠다며 만류해도 막무가내였다. 아버지가 고향 근처로 가서 일을 하게 되지 않았더라면 20년은 너끈히 채우고 계실 터였다. 선행을 해도 모두가 선의의 시선으로 보는 것은 아니었다. 저 나이에 굳이 나와야 하나, 자기 일이 잘 안 되니 여기에 매달리는 것은 아닌가, 타인의 행동을 그대로 받아들이지 않고 왜곡하거나 각색하는 이들은 어디에나 있었다. 봉사를 해도 하지 않아도 비난을 받아야 한다면 차라리 이기심으로 똘똘 뭉친 삶을 살아야 덜 억울하다 않겠냐며 항의하는 딸자식에게 부모님은 사람이 덜 되었다며 나무랐다. 누군가의 인정을 받으려 하는 일이 아니다. 이것이 다 덕을 쌓는 일이다. 부모님은 말씀하셨다.

부모님은 남들에게 베푼 것이 당신 자식들에게 돌아올 것이라 믿었다. 따라서 그것은 기쁜 희생이었다. 봉사할 수 있는 능력이 있고 기부할 수 있는 여력이 있으면 나누는 것이 좋다는 주의였다. 우리가 뭐 그리 큰 부자도 아닌데, 기부에 인색한 진짜 부자들도 많은데, 속이 탈 때도 있었다. 자본주의 사회에서는 돈도 실력이라는 것을 모르시는 모양이었다. 남의 것을 빼앗아서라도 제 곳간을 늘리려는 사람들이 우글대는데 부모님처럼 살아서는 자식들 고생이나 시킬 뿐이었다. 잘난척하며 부모님께 반발의 뜻을 표하곤 했다. 언제부터인가 오빠는 동조해 주지 않았다. 남 좋은 일 메들리에 간혹 혀를 차기는 했으나 별말은 없었다. 도리어 은근히 부모님 뜻을 따랐다. 봉사활동을 하고 남의 일을 도맡아 하고 기부를 하곤 했다. 포기했거나 세뇌당한 것이 분명했다. 답답한 사람들 같으니라고.

맏이는 고분고분해도 말 안 듣는 모난 자식 하나쯤 있어야 인간지사가 공평해진다. 모난 둘째가 여기 있었다. 신은 모든 곳에서 세상을 구원하지 않지만 돈은 모든 곳에서 세상을 구원한다고 항의했다. 글을 쓰는 것 또한 사람들에게 좋은 일을 할 수 있다는 부모님의 생각에 반항하고 싶었다. 대학교 졸업을 앞두고 돌연 금융회사에 원서를 내기 시작했다. 경제 논문 공모전에서 제법 큰 상을 탄 것이 계기였다. 언론사에서 주최하는 것이라 모두가 그 언론사에 지원할 것으로 여겼다. 짐작과는 다른 일에 뛰어들어보고 싶었다. 부모님이 믿는 신을 믿지 않을 것이다. 금권을 믿고 물신주의의 숭배자가 될 것이다. 부모님이 그토록 의탁하는 신은 내 기도를 들어준 적도 없는 것 같은데 무엇 하러 믿어야 하나. 회사는 지원자의 검은 속내의 알 길이 없었는지, 적어도 중도 포기는 하지 않을 것을 알았는지, 맹랑한 지원자를 단박에 채용했다.

돌아온 탕아의 이야기가 의미 있기 위해서는 먼저 철없는 탕자가 있어야 한다. 모서리에 정을 맞으려면 먼저 모난 돌이 되어야 한다. 모난 돌은 시간이 지나며 둥글려지는 것 같아 덜컥 겁이 난다. 이러면 안 되는데, 자꾸 구세군 냄비에 지갑이 열리고 각종 후원회에 납부를 한다. 어렵고 억울한 사람들의 이야기에 귀를 기울이고 회사에서 불우이웃 돕기 성금을 걷으면 꼬박꼬박 낸다. NGO를 통해 해외 아동과 1:1 결연을 맺어 후원하고 있다. 이렇게 하면 직장인의 고질병인 '때려치워 병'이 도지지 않기 때문이지 선행이 목적은 아니다. 나 좋자고 하는 일이지 남 좋으라고 하는 일은 결코 아니다. 어쨌거나 남 좋은 일은 하지 않기로 했는데, 부모님께는 비밀로 해야지. 나 하나쯤 덜 착하면 어때? 계속 착한 사람이 되지 않겠다고 바득바득 우겨야겠다. 그런데 피는 물보다 진해서, 자꾸 '남 좋은 일 DNA'가 발현되는 것만 같다. 걱정이다.

고마워  미안해  사랑해

딸은 괜스레 엄마에게 문자를 보냈다.


엄마, 고마워, 미안해, 사랑해.

# 사과의 계절

10월은 사과의 계절이다. 이 즈음이면 사과 산지로 유명한 경북 문경이나 안동에서는 사과 축제가 한창일 것이다. 지역 농협에 가면 발그레하게 빛나는 햇사과가 한가득 쌓여 있을 것이다. 서울의 청과점에도 그 사과가 유입된다. 박스에, 봉지에, 투명 플라스틱 상자에 담겨 사과들은 볼을 붉히고 있다. 희고 붉은 저 과일은 모양도 맛도 참으로 단아하고 사랑스럽다. 아삭, 하고 베어 무는 소리와 사각한 식감도 즐겁다. 새콤달콤한 사과는 저장성도 좋아서 다른 과일보다 무르거나 상할 염려 없이 비교적 오래 먹을 수 있다. 껍질에서 수분이 빠지려는 기미가 보이거나 멍이 많이 든 과실은 따로 모아 사과잼이나 사과청을 만들면 된다. 설탕을 탈탈 붓고 은근한 불에 졸이면 달큰한 냄새가 온 집에 가득 찬다.

사과철은 단풍철과도 겹친다. 몇 해 전, 엄마와 함께 단풍 여행을 떠났다. 3박 4일의 일정이었다. 경주로 갈까 하였으나 당시는 한창 지진의 여파가 남아 있을 무렵이었다. 여행지는 안동으로 정해졌다. 서울 외의 지역에 연고도 없고 아는 바도 없기에 어디를 가도 비슷한 상황이었다. 단풍과 신라 유적지의 조합을 보려던 계획이 단풍과 도산서원의 조합으로 바뀌었을 뿐이다. 엄마는 한사코 엄마가 운전을 하겠다고 했고 서른 넘은 딸은 예순 넘은 엄마가 운전하는 차의 조수석에 앉아서는 연신 군것질을 했다. 가는 길에 문경에 있는 리조트에서 1박을 하고, 안동에 있는 호텔에서 2박을 하는 일정이었다. 3박 4일은 국내의 한 지역을 여행하기에 길다면 길고 짧다면 짧은 기간이다. 모녀의 여행에는 별다른 계획이랄 것도 없었다. 그저 단풍 구경을 하며 느긋하게 휴식을 취하려는 것뿐이었다.

안동에 가는 길에 우연히 사과밭을 지났다. 잘 익은 사과들이 탐스럽게 나무에 매달려 있었다. 엄마는 밭에서 갓 딴 사과를 사기 위해 주위를 두리번거리며 주인을 찾았다. 제법 우두커니 기다렸으나 주인은 나타나지 않았다. 하는 수 없이 다시 길을 가려던 찰나 밀짚모자를 쓴 아저씨가 나타났다.

"뭐 찾아요?"

"사과를 좀 사고 싶어서 그러는데…"

"직접 따 가세요."

아저씨는 박스를 내밀며 말했다. 작은 박스는 2.5 kg , 큰 박스는 5kg 라고 했다. 박스에 양껏 담아서 담을 수 있는 만큼 담아 가라고 했다.

"쉬워요. 그냥 이렇게 꼭지를 한 번 살짝 꺾어주면 됩니다. 제철이라 다 잘 익었으니 마음에 드는 걸로 골라가요. 이런 거 맛있겠네."

아저씨는 한두 개를 시범 삼아 따 주고는 다시 저만치로 물러섰다. 서울 촌사람으로서는 사과 따기 체험을 해 볼 기회가 없었다. 모녀는 배운 대로 신나게 사과를 땄다. 2.5kg 짜리 상자 두 개를 하나씩 안고 오며 아이처럼 들떴다.

과수원 주인은 우리를 물끄러미 바라보다 물었다.

"서울서 왔습니까?"

"네"

"저도 서울서 직장 다니다 몇 년 전에 귀농했습니다. 제가 안동 권씨거든요. 올해는 사과가 풍년이요. 안동 사과는 특히 달아요. 한 번 맛보면 다른 사과 못 드십니다."

아저씨는 작은 사과 하나를 더 따서 건네주었다. 갓 딴 사과는 냄새부터 상큼했다.

"이 사과가 참 고마운 과일이에요. 키우기가 쉬워서 귀농한 지 얼마 안 된 사람들도 실패를 덜 하니까요. 그래서 사과값이 자꾸 내려가긴 하지만."

부인과 아이들이 안동에 내려오는 것에 대해 처음에는 걱정이 많았지만 지금은 더 기뻐한다고 했다. 농사는 이문이 많이 남지는 않지만 정직하다고. 아들놈 둘이 흙투성이가 되어 놀다 온다고.

"집사람이 고맙지요. 서울서만 살던 사람이 심심할 텐데."

엄마는 사과값을 후하게 쳐 드렸고 아저씨는 사과 한 봉지를 더 싸 주었다. 우리는 여행 내내 사과를 원 없이 먹었다.

안동에서 도산서원과 병산서원도 보고, 단풍 구경도 실컷 하였다. 하회마을과 류 씨 고택도 보고, 헛제삿밥과 간고등어도 먹었다. 안동 시내에 가서 유명하다는 빵집도 가고 맛집도 가 보았다. 그런데 시간이 지날수록 선명히 남는 장면은 사과밭에서의 일이다. 사과밭은 우연히 들른 것이기에 사진 한 장 찍지 않았다. 사과 따는 모습을 연출이라도 해서 찍었어야 하는데, 하는 아쉬움이 생긴 것은 최근이었다. 발이 쑥쑥 빠지는 흙을 밟고 들어가 장갑도 모자도 없이 맨손으로 사과를 따며 몹시 신이 났다. 씻지도 않은 손으로 갓 딴 사과를 옷에 슥슥 문질러 바로 베어 먹을 때, 흐르는 물에 몇 분 씻거나 식초물에 담가두어야 한다는 평소의 상식은 까마득히 잊었다. 사과밭에서 아이가 되었던 모녀는 이후의 여행에서는 다시 어른으로 돌아갔다. 호텔에 도착했을 때는 사과를 잘 씻어서 먹었던 것이다.

다시 사과의 계절이 올 것이다. 엄마는 일 년이 다르게 나이를 먹어 간다. 자주 무릎이 아프다고 하시고, 자주 머리가 시리다고 하신다. 여름에도 머리가 시렵다며 모자를 쓰시고, 좋아하던 초콜릿도 잘 드시지 못한다. 자꾸 걸음이 느려지고 조금씩 야위어가는 엄마를 보며 다시 엄마와 그런 여행을 가는 것이 어려울 수도 있음을 막연히 깨닫는다. 엄마와 사과를 땄던 그 날의 기억은 그래서 더욱 소중하다. 사실, 엄마에게 늘 사과(謝過)만 하며 살았다. 더 자랑스러운 딸이 되지 못해 미안했고 사위며 손주가 아직도 없어 죄송했다. 늘 걱정만 끼쳐 드리면서도 늘 큰소리를 치고 심통을 부리는 뻔뻔한 딸인 것이 못내 마음에 걸렸다. 사과(謝過)가 아닌 사랑과 감사(感謝)를 전할 수 있는 시간이 더 많이 남았기를. 시간이 많이 지난 날에 사과는 엄마를 기억나게 하는 생각의 과일(思果)이 될 것을 알기에, 과수원 아저씨처럼 내게도 흔하고 흔한 이 열매가 무척이나 고맙다.

# 11월의 노부부

11월의 추위가 찾아왔다. 이제 산책을 하기에는 다소 쌀쌀
해졌다. 밖을 거닐기보다는 따뜻한 곳에 들어앉아 조곤조곤
이야기를 나누고 싶어진 기온. 엄마와 딸은 동네 빵집에 앉아
핫초코를 마신다. 창밖에는 겨우 남아 있는 단풍 끝을 바람이
계속 스친다. 조만간 가지는 앙상해질 것이다. 춥다 엄마, 겨
울이 점점 추워지는 것 같아. 딸의 말에 엄마는 고개를 저었
다. 그래도 옛날보다는 매우 따뜻해졌지. 엄마가 어릴 때만
해도 10월 중순부터 추워져서 겨울에는 한강이 매번 얼었는
데, 요즘은 그만큼 춥지는 않잖아. 아 그런가. 지구온난화의
영향인가 봐. 딸은 입가에 묻은 코코아가루를 훔쳐냈다.

11월은 경계선상에 위치해 있다. 가을도 겨울도 아닌
것 같기도 하고, 가을과 겨울에 둘 다 속해 있는 것 같기도
한 달이다. 11월 초에도 이미 날은 충분히 쌀쌀해서 코트
와 패딩을 만지작거리지만 아직 가을인가 싶어 망설이게

된다. 동화 〈빨간머리 앤〉에서 앤이 11월에 단풍을 들고 초록지붕 집의 충계를 달려 올라가며 흥분해서 외치는 것을 읽었던 기억이 났다. 아줌마, 11월은 정말 멋진 달이에요. 10월에서 12월로 건너뛰었더라면 얼마나 재미가 없었을까요! 이런 내용이었던 것 같다. 감수성 예민한 소녀 앤은 낙엽에도 가슴이 설렜겠지만 오는 길에 눅눅한 은행잎을 밟고 미끄러질 뻔한 딸은 엄마에게 투덜댄다. 저 은행잎 때문에 하마터면 넘어질 뻔했지 뭐야. 엄마도 조심해.

길에 깔린 은행잎 위로 노년의 부부가 느릿느릿 길을 걸어가고 계셨다. 그분들만을 중심으로 슬로우모션이 펼쳐지는 것과 같은 갑작스러운 느림이었다. 12월을 목전에 둔 11월. 농익은 만추의 시기가 연로한 부부와 꽤나 잘 어울린다는 생각이 들었다. 10월 만큼 단풍이 짙거나 풍성한 가을 분위기가 무르익은 것도 아니고, 12월 만큼 연말의 설렘이나 화려함으로 들뜬 것도 아닌, 그 사이의 조용하고 묵묵한 11월. 그러나 결실과 마무리의 어딘가에서 숨 고르기를 하는 달. 지키고 돌봐야 할 일상이 있음을 상기시켜 주는 달. 그 흔한 달력의 빨간 날 하나 없고, 직장인 보너스도 없는 밋밋한 달. 조금은 심심한 듯, 조금은 초라한 듯하지만 그래서 한가위 명절과 단풍놀이로 흥청대던 들뜬 마음에 경종을 울리는 모범적인 달이자, 1년의 마지막이 오기 전에 다시 한번 한 해를 되돌아볼 기회를 주는 자비로운 달이기도 하다. 아직 못다 한 월동준비도, 미처 정리하지 못한 여름옷도 모두 해결하면 될 것 같은 다듬질의 달이다.

회사 사람들은 휴일 하나 없는 11월이라며 투덜대기도 했지만, 내심 중간에 건너뛰지 않고 매일 같은 보폭으로 리듬을 회복할 수 있는 11월이 있음에 감사했다. 손을 잡고 걸어가는 노년의 부부는 그 보폭으로 걷기를 수십 년째일 것이다. 미색의 외투를 맞춰 입은 모습은 소위 '커플룩'을 연상시켰다. 부유하지 않아도 충분히 부럽고 다정해 보이는 노년의 모습이다. 젊은 사람들도 짝을 찾지 못해 헤매고 고뇌하는데 저분들은 얼마나 오랜 시간을 삶의 동반자로 살아왔을 것인가. 거기다가 아직 서로에게 서로가 있다는 것은 얼마나 큰 축복인가. 나도 저렇게 늙고 싶어, 하는 말이 무심결에 튀어나왔다. 젊은 연인이나 신혼부부에게서 볼 수 없는 익숙함과 편안함이 자연스럽게 묻어났기 때문이다. 어머니는 한동안 아무 말씀이 없다가, 작은 한숨을 쉬었다. "저 나이까지 얼마나 힘겹게 살아왔겠니."

어머니도 이제는 아버지와 함께 살아오신 햇수가 어머니 혼자 살았던 햇수보다 훨씬 많아졌다. 누군가와 함께 만 40년의 세월을 살 수 있을까. 아니, 혼자의 삶에 지나치게 익숙해진 내가 누군가의 삶을 함께 짊어지고 갈 수 있을까. 황혼을 함께하는 부부에게서 30대의 딸은 생을 나눠 온 평온함을 보고 60대의 어머니는 그들이 견뎠을 삶의 질곡을 본다. 아직 철이 덜 든 딸은 낭만을 찾고, 인생의 후반기에 접어든 어머니는 지난하고 우여했을 여정을 떠올린다. 딸은 어머니가 겪어 왔을 날들을 생각한다. 한숨이 앞서지만 종래에는 미소로 마무리할 날들을. 엎치락뒤치락하는 웃음과 아픔의 어디쯤에서 쳇바퀴를 굴렸을 날들을. 찬란하고 화려한 날을 꿈꾸는 것이 아니라 무탈하고 무사한 날에 감사하는 지금을. 서둘러 걷는 행인들 사이에서 노부부는 느린 걸음조차 잠시 쉬어 가며 고즈넉하게 서로를 바라보고 있었다. 상대방이 발자국을 떼기 위해 조금은 시간이 걸린다는 것을 미리 인지하고 있는 까닭이리라. 서로의 동력이 충전된 것을 확인하고서야 두

분은 웅차, 하듯 다시 걸음을 옮겼다.

　알고 있다. 누구나 다른 시간의 속도로 살아간다. 마음은 달리 반응했다. 나의 시계는 항상 종종걸음으로 살아야만 뒤처지지 않는다고 다그쳤다. 멀미가 날 정도로 빠른 속도로 내달렸다. 지금 어디에 있는지도 모르는 채 무의미한 뜀박질을 해 왔던 시간이다. 노부부의 선량한 느릿함은 그 속도를 초월한 데서 오는 넉넉함이자 그 속도를 모두 지났기에 가질 수 있는 여유이기도 했다. 아마 두 분도 어떤 시절에는 현재의 나처럼 동동대며 분주하기만 한 시간을 지나오셨을 수도 있다. 시간의 등고선을 넘었기에 이제는 느린 걸음으로 가도 괜찮은 지점에 이르신 것이리라. 등이 살짝 굽은 듯한 할머니와 다리가 조금 불편한 듯한 할아버지는 손을 꼭 잡고 계속 길을 가셨다. 나지막한 걸음을 옮기는 노부부의 뒷모습은 그들이 함께한 날들 만큼이나 견고해 보였다. 평화가 그들과 함께 있었다.

# 엄마의 겨울, 겨울의 엄마

　추위를 많이 타는 딸은 여름이 좋았다. 똑같이 추위를 많이 타는데도 엄마는 겨울을 좋아했다. 이유는 하나였다. 크리스마스가 있다는 것. 매년 반복되는 크리스마스다. 별다른 이벤트가 있는 것도 아니었다. 늦여름이 생일인 엄마는 생의 첫 기억을 초록이 만개한 풍경으로 간직하고 있어야 마땅할 터이다. 그래도 엄마는 눈이 소복한 풍경과 연말, 연초의 들뜬 분위기에 설렜다. 캐럴과 크리스마스 케이크에, 산타할아버지와 루돌프에, 반짝이는 전구와 번쩍이는 전광판에 딸보다 눈을 빛내는 엄마가 있었다.

　딸은 추위가 달갑지 않았다. 겨울옷은 값이 많이 나간다. 옷의 값어치가 제법 큰 차로 벌어지는 까닭에 여름보다 겨울은 늘 버겁게 느껴진다. 여름은 옷도 옷값도 가볍다. 지출이 줄어드니 덩달아 흥이 난다. 재난 수준의 더위가 종종 덮치는 요즘은 고마움이 덜해졌지만 해가 길어 불도 덜 밝히게 되고 여행을 가도 짐이 한층 가뿐하니 여름이 늘 반가웠다. 장마철만 없다면 완벽할 텐데. 연중 온난한 기후가 이어지는 하와이나 플로리다 같은 곳은 얼마나 살기 좋을까. 나이가 들면 꼭 따뜻한 곳에 가서 노후를 보내야지, 딸은 다짐하곤 했다.

"엄마는 12월이 제일 좋아."

가로수에 휘감긴 LED 전구를 보며, 건물을 수놓은 빛의 캔버스를 보며 엄마는 들뜬 목소리로 말하곤 했다. 연말의 조명은 절로 감탄사를 연발케 했다. 과학기술의 발달로 해마다 진화하는 세밑의 루미나리에는, 빛으로 구현할 수 있는 경지를 해마다 경신시켰다. 무엇을 상상하든 그 이상을 보는 것에 익숙해진 대중에게 내년에는 또 어떤 광경을 선사하려나. 그 자체로 기쁨을 주는 공공 예술작품이 된 설치미술이다. 한 철 밝히고 묵히기에는 아까울 지경이었다. 겨울은 밤이 길어서 불만인 딸도 이런 전구들이 길을 밝혀 준다면 이의를 제기하지 않을 것이다. 빛이 많으니까 좋잖아, 어둡지 않고. 엄마는 환하게 웃으며 말했다.

"12월이 이렇게 휘황찬란해서 더 외롭고 쓸쓸한 사람들도 있어 엄마."

딸은 괜한 타박을 했지만 실은 엄마가 웃는 것이 좋았다. 엄마의 철없는 모습을 보는 것도, 조명을 보다 말고는 고개를 돌려 엄마랑 핫초코 먹을래? 하고 천진하게 묻는 엄마를 보는 것도. 엄마, 내가 사줄 테니까 그냥 한 잔씩 마시자. 아무리 말해도 엄마는 굳이 혼자서는 한 잔을 다 못 마신다며 한 잔만 사서 나눠 마시자고 한다. 핫초코를 마시는 엄마의 표정이 세상 행복해 보여서, 딸은 두세 모금을 마시고는 내키지 않는 척을 한다. 이제 엄마의 웃음에 조금씩 활기가 없어지는 것을 보며 딸은 마음이 시리다. 가뜩이나 겨울이라 시리고 추워서 시린데, 엄마가 시리다. 엄마의 웃음이 없는 크리스마스는 아무리 시끌벅적하고 호화롭더라도 성냥팔이 소녀처럼 춥게 느껴질 것 같다. 딸은 엄마가 있어 사계절이 축제였음을 뒤늦게 깨닫는다. 엄마가 없었던 엄마는 또 다른 축제가 필요했음을.

엄마는 여전히 겨울을 좋아하지만 부쩍 춥다는 말이 잦아진 것을 느낀다. 나이 들수록 겨울나기가 힘들다는 말은 매년 빈도가 증가한다. 여름도 겨울도 모두 힘들다며 힘없이 웃는다. 겨울의 나목같이 자꾸 야위어가는 엄마를 보며 딸은 부러 철없이 툴툴댄다. 엄마 여름이랑 겨울은 누구나 다 힘들어. 그러나 엄마를 보고 돌아오는 길에는 자꾸 가슴이 시리다. 추위 탓만은 아니다. 엄마와 있는 겨울이, 엄마가 크리스마스 장식을 보며 소녀처럼 기뻐하는 모습을 볼 수 있는 겨울이 문득 소중하게 느껴지는 탓이다. 생의 겨울을 맞이하며 서 있는 엄마를 보며 어찌할 수 없는 딸은 자꾸 춥기만 하다. 이번 주에 엄마를 만나면 말해야지. 엄마, 나도 12월이 너무 좋아. 퇴근길, 백화점을 밝힌 눈부신 크리스마스 조명을 보며 딸은 엄마의 웃음을 웃는다.

# 루돌프 사슴코

저작권 때문에 캐럴을 잘 틀지 못한다고 한다. 가정용품을 파는 매장을 지나가다가 오랜만에 캐럴 메들리를 들었다. 북 치는 소년, 고요한 밤 거룩한 밤, 산타할아버지 오셨네, 그리고 루돌프 사슴코. 언제나 이 노래를 들을 때면 캐럴치고는 가사가 철학적이라고 생각했다. 루돌프 사슴코는 미운오리새 끼나 아기코끼리 덤보, 빨간머리 앤과 같이 모든 '별종'으로 취급받던 것들, 한때 소외당하고 어려움을 겪었던 모든 사람들을 떠올리게 한다. 어쩌면 우리 모두가 인생에서 한 번쯤 겪었을지 모를 일들에 대하여.

초등학교 1학년 때였다. 한 달이 지나도록 엄마는 학교에 찾아가지 않았다. 갓 제도권 교육의 세계에 자식을 들여보낸 모든 엄마들이 담임 선생님과 면담을 했다는 것을 나중에야 알았다. 당시만 해도 생활기록부에는 부모님의 직업과 학력을 자세히 기재했다. 학력 혹은 직업과 소득이 비례할 것이라는 빅데이터적 믿음이 있던 시절이었다. 데이터는 늘 예외가 존재했다. 엄마는 몸이 약했으므로 초등학교에 입학한 딸의 뒤치다꺼리를 하는 데만도 힘이 부쳤다. 일부러 그런 것은 아니었으나 결과적으로는 자녀 교육에 무심한 엄마가 되었다.

선생님은 엄마에게 서운함을 느끼셨던 것 같다. 그 감정은 고스란히 자녀인 나에게 표출되었다. 까닭 없이 자주 야단을 맞았다. 그러나 그 사실을 밝히면 엄마에게 이중으로 꾸중을 들을까 두려워 계속 숨겼다. 여덟 살에 이미 다이어트는 마음고생 다이어트가 최고임을 깨달을 만큼 홀쭉하게 야위어 버렸다. '남과 다르다'는 이유로 빨간 코를 가진 루돌프는 미운털이 박힌 것이 틀림없었고, 아이들은 권력의 구도를 쉽게 간파했다. 서열에 대한 인지는 본능적인 것인 듯했다. '선생님이 미워하는 아이'는 보호의 울타리 바깥에 위치했다. 당시에는 그런 단어가 없었지만 어쩌면 '왕따'를 당했을 수도 있었다. 그때 중간고사를 치르지 않았더라면.

썰매를 끌고 싶던 루돌프는, 그러니까 '선생님께 예쁨을 받고 싶었던 루돌프'는, 첫 학기 시험에서 내리 전 과목 만점을 받았다. 산타가 루돌프를 다시 평가하는 시선을 느낄 수 있었다. 엄마가 학교를 방문한 것은 기말고사가 끝난 이후였다. 엄마 입장에서는 막 입학한 아이가 이제 한 학기를 대충 잘 넘긴 것 같으니 엄마도 한숨 돌리고 선생님을 찾아뵐 여유를 회복한 것이었다. 오빠의 학창 생활을 이미 겪은 뒤니 크게 걱정되거나 신기할 것이 없었던 탓도 있다. 다행히 엄마의 무심함을 깊은 배려(?)쯤으로 오해한 선생님 덕분에 더 큰 오해의 지속을 피할 수 있었다.

다른 오해는 피해야 하기에 분명히 해 두고 싶다. 나의 학창 시절 선생님들은 모두 훌륭했음을. 선생님들을 하도 좋아한 나머지 작지 않은 키에도 불구하고 일부러 맨 앞자리에 앉고 싶어 눈이 나쁘다는 핑계를 대곤 했음을. 그러나 어떤 개인도 다른 개인에게 완벽한 존재가 될 수 없듯, 어떤 선생님도 모든 학생들에게 완벽한 교육자가 될 수는 없을 것이다. 비단 학교의 일이 아니다. 시스템이나 사회 구조는 어느 조직에서든 쉽게 한 개인을 빨간 코의 루돌프로 만들 수 있다. 그 루돌프에게 썰매를 끌 수 있는 능력이 있음을 계발해 주는 것은 모두의 몫이 되어야 함을, '다른 모든 사슴들'은 너무 자주 잊는다.

엄마의 탓도, 선생님의 탓도 아니었던 어린 날의 기억은 빨리 학교를 졸업하고 싶은 조바심으로 남았다. 어떤 졸업식에서도 울지 않았고 어떤 입학식에서도 신나지 않았다. 반장이 되면 엄마가 학교에 찾아가야 하니 반장선거나 회장선거 같은 것은 웬만하면 나가지 말라고 했던 엄마는 관심이 없던 것이 아니라 겁이 많았을 뿐이었다. 혹시나 학교에 발전기금이라도 내라고 할까 봐 걱정하기도 했다. 어른이 되고 나서 엄마와 이런 이야기를 한 적이 있었다. 초등학교 1학년 때의 억울함과 두려움에 대하여. 그리고 엄마가 학교를 찾아가는 것을 그토록 꺼렸던 이유에 대하여.

"엄마는 그냥 사람들 눈에 띄는 게 싫어서 그랬지…"

엄마는 어깨를 조금 움츠리며 말했다. 170cm가 넘는 키에 서구적인 외모의 엄마는 사람들이 한 번만 봐도 쉽게 기억했다. 엄마가 미인이시더구나, 선생님들은 말씀하시곤 했다. 딸은 엄마가 자랑스러웠는데 엄마는 자신의 '튀는' 외모를 못 마땅해 했다. 자녀의 키가 크기를 바라는 여느 엄마들과는 달리 엄마는 여자 키가 170이 넘으면 안 되는데, 라고 걱정했다. 딸은 키가 클까 봐 일부러 우유나 멸치 같은 것들을 먹지 않고 늦은 시간에 잠을 잤다. 편식과 늦은 수면의 결과인지 유전적 한계였는지는 알 수 없지만 다행히 딸의 키는 167에서 멈췄다. 딸은 좀 더 커도 좋을걸, 하는 아쉬움이 남지만 엄마는 만족했다. 평범한 게 최고지. '다른 모든 사슴들'을 동경한 엄마는 또 다른 루돌프였을 뿐이었다.

캐럴이 사라진 거리에서 유물처럼 발견한 '루돌프 사슴코'를 들으며 과거의 루돌프는 평범해진 코를 괜시리 한 번 찡긋해본다.

그 후론 사슴들이 그를 매우 사랑했네.

루돌프 사슴코는 길이길이 기억되리.

# 엄마와 딸의 여행

엄마와 인천으로 2박 3일 여행을 다녀왔다. 회사의 동계 휴양소가 당첨된 덕분이다. 겨울에 인기가 있는 스키장이나 연중 치열한 제주도라던가 부산 같은 곳을 지원하지 않고 가까운 인천을 신청한 것은 엄마와 갈 것이기 때문이다. 너무 먼 곳으로 가면 체력이 약한 엄마는 오고 가는 시간을 감당하지 못한다. 서울에서 인천은 금방이라 여행이랄 것도 없지만 그래도 자주 갈 수 있는 곳은 아니다. 적당한 도시와 적당한 해안이 있고, 길을 잃을 염려도 없다. 어쨌거나 일상에서 벗어난 곳을 간다는 것은 제법 신이 난다.

결혼 전까지, 딸의 여행은 대부분 엄마와 함께였다. 모녀 여행. 꽤나 아름답게 들리지만 실상은 그리 훈훈하지만은 않았다. 엄마는 꼭 아침을 먹어야 하고, 한식과 국물이 있는 음식과 찌개를 좋아하고, 걷기보다는 차를 타는 것을 선호하고, 잠들기까지 오랜 시간이 걸린다. 딸은 아침을 거른 지 오래이며, 간편하게 먹을 수 있는 음식을 선호하고, 직접 걸어 다니며 보는 것을 좋아하고, 자정 무렵이 되면 스르르 잠이 든다. 엄마와 두런두런 이야기를 하다가 갑자기 딸의 말소리가 끊기면 딸은 그사이 잠이 든 것이다. 엄마는 이렇게 쉽게 잠드는 딸이 신기하고 딸은 그토록 밤새 뒤척이는 엄마가 안타깝다.

이토록 다르다 보니 엄마와 여행을 다니게 되면 충돌을 피할 수 없었다. 엄마와 여행을 가면 빠지지 않고 들르는 코스가 있다. 지역의 시장이다. 그냥 눈으로 구경하며 지나가면 될 것을, 엄마는 꼭 상인들과 말을 해서 시간을 소요한다. 우리 서울에서 왔어요, 딸이랑 여행 왔어요, 하고 주인이나 점원들과 친절히 이야기를 한다. 우리는 어디에 묵고 있거든요. 우리 딸 회사에서 이런 혜택이 있다 나 봐요. 묻지도 않은 이야기를 술술 하는 엄마를 보며 딸은 기가 찬다. 손을 끌고 나와서는 엄마를 나무란 적이 한두 번이 아니다. 엄마, 요즘 세상이 얼마나 험한데 여자 둘이 여행 온 거부터 숙소까지 광고할 일 있어? 절대 그러면 안 돼. 엄마는 알았다고 대답하지만 좀처럼 고쳐지지 않았다.

엄마와 식사하기 위해 식당을 고르는 일은 더욱 어렵다.

딸이 인터넷을 뒤져 검색한 맛집의 리스트와 메뉴를 읊으면 엄마가 결정을 하는 식인데, 아무래도 인터넷에 올라오는 맛집들은 젊은 세대에서 선호하는 곳이다 보니 예순 넘은 엄마의 기준에는 미심쩍은 부분이 있는 것이다. 엄마는 반찬이 정갈하고도 푸짐하게 나오는 백반집이라던가, 양념이나 간이 너무 자극적이지 않고 조미료를 적게 쓰는 한식집이라던가, 돌솥비빔밥이나 된장찌개가 맛있는 밥집을 찾고 싶어 하지만 이런 곳을 찾기는 쉽지 않다. 동네에 숨어 있는 맛집은 인터넷으로 검색되지 않아서 결국은 남들 가는 곳을 가게 되기 마련이었다. 그러나 너무 오래 대기해서는 안 되고, 너무 비싸도 안 되고, 너무 비위생적이어도 안 되고, 너무 젊은 사람들 취향이어도 안 되는 것이다.

집에서 엄마가 해 준 밥을 먹을 때는 몰랐는데 여행을 다녀 보면 모녀는 식성이 이렇게 다를 수가 없었다. 엄마가 찾아볼 것도 아니면서 매번 퇴짜를 놓거나 지적을 한다며 화를 내기도 하고, 한 끼 정도 거르거나 대충 빵으로 때울 수도 있는데 꼭 멈춰서 밥을 먹어야 하냐고 다투기도 했다. 엄마 때문에 안 먹던 아침을 먹으니 소화가 안 되는 것 같다고 투덜대기도 하고, 국물을 많이 먹는 것은 나트륨의 과다 섭취를 유발한다며 지적하기도 했다. 밥보다는 군것질로 배를 채우는 딸에게 엄마는 단것을 많이 먹으면 건강을 해친다고 야단을 쳤고, 아침을 안 먹으니까 그렇게 빵이나 과자를 먹는 거라며 훈계를 했고, 커피를 그렇게 많이 마시면 위가 상한다며 염려를 했다. 엄마와 딸은 서로 이해할 수 없는 점이 한두 가지가 아니었다.

이제는 엄마와 여행을 다녀도 크게 다투지 않는다. 엄마의 식성같이 기본적인 것은 물론이며, 엄마는 준비하는 데 오래 걸린다는 것도, 아침을 먹어야 하는 것도 인지하고 있는 까닭이다. 나오기 전에 핸드폰이라던가 안경이라던가 지갑이라던가 하는 것을 두고 나올 것을 예상하기에 딸은 미리 엄마의 소지품을 챙긴다. 좋아하지 않더라도 찌개와 국물 요리가 있는 맛집을 찾는다. 들르는 가게에서 엄마가 아주머니와 수다를 떨기 시작하면 조용히 가게 구경을 한다. 엄마도 마찬가지다. 아침에 꼭 커피를 마시는 딸 옆에서 엄마도 함께 커피를 마신다. 지나가다가 괜찮아 보이는 빵집을 보면 들렀다 갈까 묻는다. 엄마는 걷는 것을 좋아하지 않지만, 걷기를 좋아하는 딸을 위해 잠깐 산책하고 들어갈지 묻는다. 어느 정도의 체념과 어느 정도의 적응과 어느 정도의 이해를 가지고 우리는 서로에게 익숙해져 갔다.

집에 있을 때는 눈치채기 어려웠던 차이들이 여행을 가면 유독 크게 확대된다. 한집에 살아도 서로의 역할과 일상은 다르지만, 여행을 가면 갑자기 동일한 여행자로서 하루를 온전히 함께 해야 한다. 가족 모두가 아닌, 단둘이 여행할 때 이 점은 더욱 두드러진다. 엄마와 처음 단둘이 여행을 갔던 스물다섯에 엄마와 딸은 서로가 이상하기만 했다. 서른다섯의 딸은 엄마가 익숙하다. 엄마 뱃속에서 9달여를 살았어도, 엄마와 같은 집에서 30년을 넘게 살았어도, 우리는 이렇게나 다르다는 것을 인정하기까지 딸의 평생이 걸렸다. 무척 평온한 2박 3일을 보내고 서울로 올라오며 딸은 생각했다. 우리는 어쩌면 가족이라는 이름으로, 엄마와 딸이라는 이름으로 묶여 있지만 사실은 이것이야말로 가장 가깝고도 먼 이름일 수 있다고. 어쩌면 가족이라는 것은 결과물이 아니라 가족이 되어가는 과정 자체일 수도 있다고. 이제는 여행을 가는 것조차 힘에 부쳐 하는 엄마를 보며 딸은 딸이 되는 데 너무 오랜 시간이 걸린 것만 같아 뒤늦게 미안한 마음이 든다.

## 엄마의 밥상

"집에 밥 먹으러 안 올래?"

엄마가 또 물었다. 딸의 대답이 정해져 있는 것을 알면서도 엄마는 좀처럼 그만두는 법이 없다. 밥 한 끼를 먹기 위해 굳이 부모님 집을 가는 수고를 행하기 귀찮은 딸은 매번 제안을 마다한다.

"전복 샀는데 요리해서 좀 가져다줄까?"

"갈비찜 했는데 갖다주면 먹겠니?"

"과일은 집에 좀 있니?"

딸이 보릿고개를 넘는 것도 아닌데 엄마는 늘 괜한 걱정을 한다.

그러나 간혹 어디선가 유난히 간이 싱거운 반찬을 먹을 때, 잡곡 가득 섞인 밥을 먹을 때, 딱 알맞게 식혀진 찌개가 나왔을 때, '엄마 밥상'이 갑작스레 그리워지곤 한다.

'집밥'을 쉽게 만들도록 도와준다는 방송을 열심히 시청해도 정작 집에서 요리해 먹은 적은 드물다. 냉장고 안 재료로 짧은 시간 내에 깜짝 놀랄만한 음식을 탄생시키는 것을 보았음에도 불구하고 요리에 대한 열정은 쉽게 생기지 않는다. 각종 먹방과 레시피를 공부하듯 시청하여 먹거리에 대한 관심에는 긴 여운을 남겼다. 그래도 여전히 혼자 먹기 위해 재료를 사고, 다듬고, 요리하고, 설거지하고, 음식물의 잔해를 정리하는 일련의 과정이 너무 비효율적으로 느껴지는 탓이다.

그럴 때일수록 '엄마 밥 줘' 라는 마법의 주문 한 마디로 모든 것이 뚝딱 해결되었던 그 시절이 얼마나 소중했는지를 새삼 깨닫는다.

'엄마 밥 줘'에서 '엄마 밥', 그조차도 귀찮아 '밥' 한 글자로 의사를 표현할 만큼 건방을 떨어도 되었던 그 때. 장성한 딸이 엄마에게 따순 밥 한 끼를 지어 올리지는 못할망정 매번 '밥' 한 글자를 외치던 그 때. 감사한 줄을 모르고 밥 좀 먹으라는 엄마의 말은 무시한 채 간식거리로 끼니를 때우거나 배도 안 고픈데 왜 지금 먹으라고 하냐며 목소리를 높이기도 할 만큼 건방을 떨던 그 때. 가족 한 사람 한 사람의 밥상을 차리기 위해 매번 엄마가 들였을 수고와 노력이 새삼 죄송하고 사무치게 그리웠다.

딸의 뒤늦은 회한과는 달리, 엄마는 집밥을 차려야 한다는 의무감에서 해방되며 비로소 날개를 단 것 같았다. 집밥을 차리기 위해 엄마가 들여온 시간과 노력이 그만큼 길고 컸던 것에 대한 반작용이었다. 이전에 엄마는 매번 'EBS 요리 교실'이나 '한국인의 밥상' 같은 비롯한 각종 TV 프로그램을 보며 열심히 조리과정을 받아적기도 했고, 건강에 좋다는 식재료를 눈여겨보기도 했다. 신문이나 잡지에 나오는 요리법을 오려 부엌 한켠에 차곡히 쌓아놓기도 했다. 만약 손주가 있다면 해 주고 싶을 요리들. 집에서 밥을 먹는 일이 드물어진 나이 찬 딸은 엄마가 아직도 버리지 못하고 간직하는, 켜켜이 쌓인 레시피의 원인이었다. 부엌에서 불씨를 꺼뜨리지 않고 물려주었다는 중국의 어떤 민족처럼, 엄마도 언젠가 딸에게 손맛을 전수해 줄 수 있으리라는 믿음과 기대를 가지고 있는 탓이다.

간혹 이 조리법들은 한 번씩 빛을 볼 일이 있었다. 엄마의 필기나 스크랩이었지만 엄마의 손길을 거쳐 엄마의 방식으로 재탄생되곤 했다. 엄마의 요리는 특징이 있었다. 모든 어머니의 요리가 그럴지도 모르겠지만, 엄마의 음식은 유난히 간이 슴슴하고 재료가 푸짐했다. 엄마는 매번 장을 볼 때마다 우리집 엥겔지수가 너무 높다며 한숨을 쉬시곤 했는데, 먹는 것만은 유기농이라던가 친환경이라던가 하는 재료들로 사야 한다는 엄마의 고집 때문이기도 했다. 돋보기안경을 끼고 계산기를 두드리며 가계부를 쓰는 엄마의 뒷모습에서 가끔 "간식을 줄여야겠네" 라던가 "이번 달에도 옷은 못 사겠네" 하는 중얼거림이나 탄식 같은 것이 흘러나오곤 했다. 나와는 상관없는 이야기라 생각하며 딸은 매번 한 귀로 흘렸다.

당신은 매번 홈쇼핑이나 매대에서 파는 옷을 입으면서 백화점에 가면 먹을 것만 한가득 장을 봐 오던 엄마는, 백화점 옷들은 엄마 체형에 맞지 않는 것 같다고 주장했다. 그러면서도 50% 할인이라던가 시즌 마감과 같은 글자가 붙은 옷들은 갑자기 엄마 체형에 맞을 것 같은 옷으로 돌변했다. 이것저것 마음에 안 찬다며 퇴짜를 놓는 의류매장 층과는 달리 식품매장에는 엄마 눈에 드는 것들이 많았다. 싱싱하게 유통되고 손질된 먹거리들 앞에서 엄마는 가격표를 보며 한참을 망설이기는 했지만 상품을 타박하지는 못했다.

명절이나 가족의 달 즈음이면 회사에서는 백화점 상품권이 나왔다. 필요한 데 쓰시라고 드리면 엄마는 평소 먹어보고 싶었던 값비싼 요거트라거나 과일, 무슨 호텔에서 만든다는 김치 같은 것들을 사 오시곤 했다. 한 병이 만 원에 육박한다는 요거트를 먹으며 우리는 무척 부자가 된 기분이었다. 입 안에서 감도는 풍성한 맛의 향연을 즐기며 삶도 풍족해진 기분이었다. 성냥팔이 소녀가 성냥불을 치익 켜고 크리스마스 트리나 칠면조 요리 같은 것들의 환상을 보는 것처럼, '고급진' 맛의 음식을 즐기는 동안 삶이 잠시 부유해진 기분을 만끽했다.

미각이라는 것은 이토록 찬란한 눈속임과 혀속임의 결합이다. 찰나가 지나면 금방 끝나버릴 공연 같은 것임을 알면서도 그 외양과 맛에 갈채를 보낸다. 그러나 미각을 통해 얻을 수 있는 가장 귀중한 경험은 모름지기 '엄마가 해준 것 같은 맛'의 재현일 것이다. 엄마의 레시피와 비슷한 음식에서 나는 엄마와 함께 있는 기분을 느끼기에.

딸은 이제 종종 주방에 선다. 배우자가 생기고 가정을 이루면 아무리 자신이 없더라도 부엌에 서게 되는 것이 아내의 숙명이다. 아침이나 저녁 밥상을 차리고, 과일을 깎는다. 인터넷을 뒤적여 레시피를 검색하지만 좀처럼 그 맛이 나지 않는다. 남편은 아내에게 요리에 재능이 없는 것 같다며 조심스레 말했지만, 요리하는 아내는 사명감에 불탄다. 밥상은 그저 신체적 영양 공급을 위한 절차가 아니라, 일상에서 매일같이 펼쳐지는 경건한 제의이자, 작은 축제이자, 한 가정의 역사와 문화가 쓰여지는 장이기 때문이다. 아내이자 딸은 '엄마 밥상'의 힘을 누구보다 잘 알기에.

## 냉장고를 부탁해

서른 중반쯤, 꽤 늦은 나이에 독립을 하게 되었다. 집에서 나올 결심을 한 데에는 여러 가지 이유가 있지만, 자꾸 엄마와 부딪치게 되는 것이 가장 컸다. 다른 것보다도 주방 살림에서 엄마와 딸은 자주 티격태격했다. 딸이 부엌에서 소비자로만 존재할 때에는 보이지 않던 것들이, 무언가를 생산하고 싶은 욕구가 생기자 눈에 보이기 시작했다. 이를테면 유통기한이 지난 잼이라던가 시들어 상해 가는 채소라던가 냉장고 구석에 처박혀 있는 오래된 아몬드 같은 것들. 냉장 보관할 필요가 없는데 냉장고에 들어가 있는 파스타 소스나 빵 같은 것들. 대체 언제부터 거기에 있었는지 기억나지 않는 냉동 피자나 소분되어 있는 고기 같은 것들. 전복을 냉동할 때에는 껍질과 살을 분리해서 보관하는 것이 좋다던데 엄마는 왜 껍질째 얼려 놓았는지와 같은 것. 이런 것들을 지적하기 시작하며 엄마와 딸은 사사건건 이견이 생겼다.

엄마는 조금 심할 정도로 청소에 진심인 편이었는데, 항상 쓸고 닦고 정리하고 버리는 것이 엄마의 일상인데, 냉장고 안이 점점 오래된 음식들로 채워져 가는 것이 못마땅했다. 그렇다고 딸이 마음대로 내다 버리는 것도 내키지가 않아 엄마를 자꾸 타박하게 되었다.

"엄마, 이것도 유통기한 지났잖아. 지난주까지였는데."

"엄마, 이건 절대 못 먹어. 그냥 내가 버릴게."

주방은 살림하는 사람 고유의 영역이다. 그 영역을 침범하고 건드리는 것은 자존심의 문제다. 주부가 아니었던 딸은 그 사실을 알지 못했다. 그냥 엄마가 왜 이렇게 변했지, 예전에는 냉장고가 깨끗했는데, 하며 엄마의 게으름을 속으로만 나무랐다.

딸은 독립해 살며 냉장고를 자기 마음대로 채우기 시작했다. 칸칸이 들어찬 냉장고는 제법 신기한 음식들로 채워져 있곤 했다. 가끔 엄마가 집에 오면 이 주스는 뭔지, 이 요거트는 저 요거트와 어떻게 다른지 설명해 주어야 했다. 새로 나왔다는 냉장고 흡습제나 탈취제를 놓고는 엄마에게 이건 이런 것이라며 제법 자랑스럽게 설명해 주곤 했다. 트러플 오일이나 시나몬 가루, 히말라야 솔트 같은 것들을 엄마에게 우쭐 대며 내 보이기도 했다. 엄마가 먹어 보고 맛있다고 했던 시 리얼이나 말린 과일 같은 것들은 엄마에게도 안겨주곤 했다. 엄마는 됐다고 자꾸 손사래를 치고는, 엄마 집에 갈 때마다 자꾸 딸을 냉장고 앞으로 불렀다.

"이거 유통기한이 언제까지라고 써 있니?"

"이 숫자가 3이니 8이니?"

엄마는 냉장고에 있는 병이란 병, 통이란 통은 다 꺼내어 유통기한을 물어볼 기세였다. 엄마는 음식 병에 개미만 한 크 기로 써 있는 그 글자들이 보이지 않는 것이다. 딸은 아차 싶 었다. 언제부터인가 돋보기를 쓰기 시작하고, 핸드폰 문자를 볼 때에도 한참을 들여다보는 엄마에게 그 작은 유통기한 숫 자가 잘 보이지 않을 거라는 사실을 왜 몰랐을까. 무심해도 너무 무심하고 야속해도 너무 야속한 딸이었다.

이제 엄마의 냉장고는 한결 가벼워졌다. 딸이 독립을 하고 서는 밥을 할 일이 급속도로 줄어든 탓이다. 아빠가 지방에 계신 관계로 평일에는 거의 엄마 혼자 밥을 먹는다. 혼자 밥 을 먹기 위해 찬거리를 사고 음식을 만드는 일은 노력 대비

소득이 적다. 엄마는 유통기한 내에 소진할 정도의 음식들만 소량 사서 금방금방 먹는다. 딸에게 주기 위해 사야 했던 각종 과일이나 야채, 군것질거리를 사서 쟁여 둘 필요가 없으니 냉장고는 깨끗하기 그지없다. 대신 나만의 냉장고가 생겼다는 사실에 각종 신기한 음식을 사 두는 딸의 냉장고는 점점 어지러워졌다. 특히 결혼을 하고서는 더 심해졌다. 남편에게 해 주려고 생각하며 사 둔 식재료는, 남편이 회식을 하거나 밖에서 약속이 생기게 되면 혼자 다 먹을 수가 없으니 유통기한이 지나거나 상하기 일쑤였다. 남편이 좋아해서 사 둔 음식들은 내가 먹으려고 산 것이 아니다 보니 사 놓았다는 사실을 자꾸 깜박해 더더욱 유통기한이 쉽게 지났다. 제가 좋아하는 음식이니 남편은 그것들을 득달같이 지적했다. 딸은 엄마에게 되로 잔소리하던 날들을 말로 돌려받고 있었다.

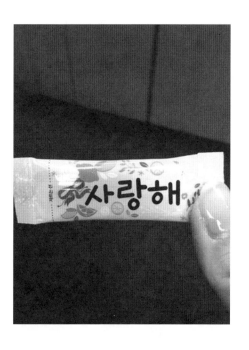

## 고마워 미안해 사랑해

"승아야, 나 너한테 비밀 얘기를 하나 해도 돼?"

갑자기 친구가 카카오톡 메시지를 보냈다.

"사실 나 연기하고 있었어. 엄마와 행복한 척, 엄마한테 사랑받는 척…"

친구의 이야기는 충격적이었다. 어릴 때부터 어머니에 의해 가스라이팅을 당하고 있었다는 것. 자신은 엄마의 ATM 같은 존재이며, 자신이 힘들게 번 돈을 고스란히 엄마가 빼앗아 갔다는 것. 자신에게만 손을 벌리는 것은 참겠는데, 남편에게까지 돈을 빌려 갔다는 것. 자신의 삶은 지금까지 자신의 것이 아니었다는 것. 길고도 아픈 이야기에 친구에게 위로랍시고 여러 말들을 쏟아냈지만 사실은 큰 위로가 되지 않았을 게다. 친구에게는 그저 들어줄 사람이 있다는 것이 필요했을지도 모른다. 때로 우리는 심도 깊은 상담이나 전문적인 처방이 필요해서가 아니라, 단지 내 말을 들어줄 누군가, 믿고 이야기할 수 있는 누군가가 필요할 뿐이니까.

참 이상하다. 분명 문자를 읽고 있는데, 나는 친구가 흐느끼고 있는 것이 보이는 것 같았다. 어깨의 들썩임이, 끊기는 목소리가, 붉어진 눈시울과 뜨거워진 뺨이 오롯이 느껴지는 것 같았다. 친구를 안아주고 싶었다. 나보다 키도 훨씬 크고 말도 훨씬 많고 몸집도 더 큰 친구를. 나이가 찼다고 우리가 다 어른이 되지는 못하는 것처럼, 낳았다고 해서 다 엄마가 되는 것은 아닌 게다. 딸이라고 해서 다 딸바보 부모를 만나는 축복을 누릴 수는 없는 게다. 그리고 어떤 행복도 불행도, 평생 계속되는 법은 없는 게다. 내가 울분을 참을 수 있었던 것은, 친구는 남보다 못한 엄마 밑에서 자랐지만, 지금은 친구의 이야기에 마음 아파하시며 매일 '우리 ○○ 사랑해. 너는 우리 집의 보물이야'라는 카카오톡 메시지를 보내 주시는 좋은 시부모님을 만났고, 가족의 빈자리를 메꿔줄 만큼 든든한 남편을 만났고, 이제는 그토록 간절히 바라던 아기도 생겼기 때문이었다.

친구가 가진 세 가지가 없었던 나로서는 지금까지 비치는 친구의 삶이 무조건 완벽하게만 보였다. 이제는 알겠다. 인생이란 불공평한 것 같지만 사실은 놀랍도록 공평하다고. 친구는 너무나 큰 가족의 공백을, 아니 가족이라는 이름의 굴레와 빚을 짊어지고 서른 해 남짓을 살아왔지만, 그 고통의 끝에는 놀랍도록 소중한 새로운 가족이 기다리고 있었다. 친구를 친딸처럼 예뻐해 주고 아껴주는 시부모님과, 친구에게 한없는 사랑을 쏟아부어 주는 남편, 친구를 더 강하고 더 빛나는 존재로 만들어 주는 예쁜 아기까지. 친구가 삶의 고난이라고 생각했던 모든 것들이 사실은 친구가 간절히 바라던 모든 행복을 얻게 해 주기 위해, 그 행복을 더 온전하고 찬란하게 느끼게 해 주기 위한 무대장치 같은 것이었다. 물론 친구가 이 과정을 견디지 못했더라면 오늘의 행복도 없었을 것이다. 모든 이야기는 주인공이 시련을 이겨내야만 결말로 이어지는 법이다.

엄마가 딸에게 바란 것은, 사랑받는 삶이었다. 사랑을 주기보다는 받는 사람이 되는 것. 그러나 딸은 깨닫는다. 아마 그건 어려울 수도 있겠다고. 세상은 놀랍도록 공평한 것이어서 사랑을 많이 받은 사람은 그만큼 나눠주지 않으면 안 되는 것이었다. 받은 만큼 베풀고 나누어야 새로운 사랑이 들어설

자리가 생긴다. 옷장에 쌓인 헌 옷은 버리지 않고 새 옷만 잔뜩 사 봤자 원래 있던 옷도, 새 옷도 모두 상하기만 할 뿐이다. 분에 넘치는 사랑을 쏟아준 엄마가, 아빠가 있었던 덕분에 딸은 세상의 밝은 면만을 보고 자랐다. 딸이 모르는 그늘도 슬픔도 아픔도 많다는 것을, 어른이 되고서야 알았다. 모든 부모가 그런 것은 아니라는 것을, 나중에서야 알았다. 왜 친구들은 모두 나에게 힘든 이야기를 할까. 어려운 일이 생기면 상담을 하고 싶어할까. 고통이 전이되는 감정이 두려워 자꾸 피하고 싶은데 친구나 지인들은 늘 그들이 가장 힘들고 어려울 때마다 나를 찾았다.

"내가 엄마한테 듣고 싶었던 얘기는 이런 거였어. 우리 딸, 고마워, 미안해, 사랑해…"

친구의 고백에 딸은 마음이 먹먹해졌다. 세상에 어느 하나 당연한 것이 없는데, 엄마를, 아빠를, 엄마 아빠가 주는 그 사랑을 너무 당연하게 생각하고 있었다. 딸은 생각한다. 어쩌면 인생에서 받는 사랑의 총량에도 어떤 법칙이 존재할지 모른다고. 사랑받은 사람이 지니는 온기를 추운 사람들은 귀신같이 눈치채는 지도 모른다고. 그래서 볕을 쬐고 싶은 꽃들처럼, 화롯가로 몰려드는 아이들처럼 마음이 시릴 때마다 다가왔는 지도 모르겠다고. 그러나 사실 딸이 그 온기를 가장 먼저, 가장 많이 나누어야 할 대상은 엄마와 아빠였다. 되갚지 못한 사랑은 누군가에게라도 갚아야 하는 인과응보 같은 것이었다. 딸은 갑자기 벌을 받는 것만 같았다. 엄마가 힘들다고 딸에게 기댄 적이 없기에, 딸은 어떻게 보답해야 하는지도 몰랐다. 몹쓸 딸은 괜스레 엄마에게 문자를 보냈다.

엄마, 고마워, 미안해, 사랑해.

# 너는 나의 선물이란다

요즘도 봄철이면 초등학교 앞에는 병아리를 상자 가득 담아놓고 팔까. 엄마가 "절대 사지 말라"고 신신당부한 것을 까맣게 잊고 병아리를 기어이 사 왔지만 병아리는 사흘을 넘기지 못했다. 심장이 뛰고 온기가 흐르고 삐약삐약 소리를 내던 보송보송한 생명체가 싸늘한 주검으로 변하는 것을 목도하는 일은 두 번 다시 하고 싶지 않았다. 한 생명의 삶과 죽음이 이토록 허망히 갈려버린 것이 내 탓인 것만 같았다. 엄마의 꾸중과 병아리의 죽음 중 어떤 것 때문이었는지 구분되지 않는 이유로 눈물로 펑펑 쏟고, 퉁퉁 부은 눈으로 병아리를 묻어주고 돌아오며 생각했다. 생명을 키우는 것은 신중해야겠다고.

매번 각종 비영리단체의 1인 아동 결연 홍보를 보면서도 주저했던 것은 그 때문이었다. 이 금액이 아이에게 얼마나 영향을 미칠지는 알 수 없지만 만약 갑작스러운 사정이 생겨 내가 책임질 수 없게 되면 어쩌나. 예상치 못한 상황의 변화나 고용의 불안이 발생해서 아이에게 부칠 돈이 없어지면 어쩌나. 한 번 결연을 맺었다가 후원이 끊긴 아이는 다시 후원이 되기까지 오랜 시간이 걸린다고 했다. 아이의 생을 밀착하여 보살피는 일은 아닐지라도 나의 후원금이 아이의 생에 큰 비중을 차지한다면, 적어도 아이에게 약속한 기간까지는 책임을 다해야 하는 것이다. 당시의 나는 주기적으로 퇴사를 고민하고 있었다. 이직이 아니라 대학원에 가고 싶었기에 소득이 없어지는 것에 대한 대비가 필요했다. 나 한 몸 건사하기도 힘들어질 수 있는 마당에 후원금까지 꼬박꼬박 보내는 것은 어려워질 수도 있으므로 신중해야 했다.

신중함이 무너진 계기는 너무나 하잘것없었다. 서른의 크리스마스 이브였다. 퇴근길은 번잡했고 집에 오니 허탈했다. 더 많은 연봉을, 더 높은 학력을, 더 좋은 직장을 위해 나름대로 분투해 왔지만 서른의 크리스마스 이브에 나는 그 중 아무것도 가진 것이 없었다. 크리스마스를 함께 보낼 남자친구가 없는 것은 물론이고, 체력은 바닥나 모임에 나가는 것조차 귀찮았다. 떠들썩한 도심을 뚫고 집에서 물 빠진 츄리닝을 입고 아이스크림 한 통을 비우며 울컥 눈시울이 붉어졌다. 크리스마스 특집 TV 프로그램으로 가득한 채널을 돌리며 인생에 대한 부끄러움과 분노와 씁쓸함이 밀려왔다. 그래도 제법 부지런히 살았다고 생각했다. 제법 착하게 살았다고 생각했다. 그 결과가 이런 소모품 같은 인생이라니. 내 인생은 어디에서부터 잘못된 걸까.

그래서였다. 충동구매 대신 충동 후원을 '지른' 것은. 삶이 이토록 허무하게 흘러가도록 방치하느니 뭐가라도 의미를 부여하고 싶었다. 습관처럼 도지는 '때려치워 병'을 잠식시키고 회사의 부품 같은 존재가 아닌 세상에 가치를 창출하는 존재이고 싶었다. 핸드폰을 통해 너무나도 쉽게 1:1 결연 신청을 완료하고 나니 조금 멍해졌다. 엄마, 나 지금 세이브더칠드런(Save the Children) 1:1 아동 결연 신청했어. 소파 옆자리에 앉아있던 엄마는 쳐다보지도 않고 대꾸했다. 이제 했어? 진즉 했어야지. 이토록 쉽게 이야기할 일이 아니었다. 엄마는 나의 깊은 고민과 생명에 대한 책임감을 이해하지 못하는 것이 틀림없었다. 그러나 한편 대수롭지 않게 생각하는 엄마의 반응에 안심이 되기도 했다. 어쩌면 내가 너무 어렵게 생각했을 수도 있다. 막상 해 보면 쉬운 일일 수도 있을 것이다.

이듬해 1월 3일, 세이브더칠드런에서 결연아동 확정 메일이 왔다. 인도네시아 숨바에 사는 여덟 살 여자아이 에렌시아. 에렌시아는 산수와 미술을 좋아한다고 했다. 커다란 눈으로 물끄러미 카메라를 응시한 에렌시아의 사진을 보고 왠지 나는 옳은 일을 했다는 생각이 들었다. 배 아파 낳은 자식은 아닐지라도, 내가 이 아이의 엄마가 된 것 같은 생각이 들었다. 너에게 더 좋은 삶을 줄게. 네가 꿈꿀 수 있도록, 희망을 버리지 않을 수 있도록 나도 힘을 낼게. 먼 나라 어딘가에서 너를 위해 항상 기도할게. 한 여자아이가 평범한 성인이 되어 평범한 행복을 누릴 수 있도록 해 줄 수 있다면, 아이의 삶에 조금이라도 좋은 영향력을 줄 수 있다면 나의 평범한 하루도 더 값진 시간이 될 수 있을 것 같았다. 회사 책상 앞에 자녀들의 사진이나 가족사진을 붙여 놓은 많은 우리 사회의 엄마 아빠들이 아마도 이런 마음으로 일터에 나오고 있을 것이었다.

몇 년째 꾸준히 빠져나가는 후원금은 월급을 받아 가장 가치있게 쓰는 비용이다. 회사 일은 때로 고단하고 사람들은 때로 일보다 더 큰 어려움을 안긴다. 마음 한구석에 남아 있는 대학원 공부에 대한 꿈은 생계에 대한 걱정 앞에 늘 한구석으로 밀쳐지지만, 그 꿈으로 인해 다시 힘을 내어 일터로 나갈 수 있는 희망이기도 하다. 급여일 다음 날부터 무섭게 빠져나가는 카드값과 자동이체의 홍수 속에서 에렌시아에게 보내지는 금액은 음의 값이 아닌 양의 값을 갖는다. 이 넓은 세상에서 내가 책임져야 할, 온전히 나의 지지와 후원을 기다리고 있는 존재가 하나쯤 있다는 사실을 상기시켜 주는 알림이자, 나의 노동이 헛된 것이 아님을, 노동의 대가가 더 좋은 세상을 만들기 위해 쓰이고 있다는 믿음을 공고히 해 주는 알림인 것이다.

해마다 연초가 되면 에렌시아의 사진이 메일로 온다. 얼마나 컸는지, 어떻게 지내는지. 해가 갈수록 쑥쑥 자라는 에렌시아의 모습을 보며 해가 갈수록 지쳐가는 마음을 다잡는다. 어쩌면 엄마도 이런 마음으로 나를 보고 있지 않을까. 엄마가 된 적은 없지만, 엄마의 마음을 조금이라도 체험할 수 있게 해 주는 에렌시아에게 고마운 마음이 든다. 크리스마스 이브에 후원 신청을 했으니 필히 이 아이는 나에게 온 크리스마스 선물일 것이리라. 에렌시아에게 보내는 편지에 '너는 나의 선물이란다'라고 썼지만 구구절절 설명할 수는 없었다. 그래도 충분히 전해졌으리라 믿는다. 내가 에렌시아에게 베푼 것보다 내가 받은 것이 훨씬 크기에. 모든 엄마에게 자녀들은 이와 같은 존재일 것이라는 생각에 지치고 시달린 퇴근길이 온기어린 자신감으로 차오른다.

여덟 번째 날들

아직 계속되는 여덟 번째 날을 더욱 견고하고 촘촘히 살리라.

매일의 기적을 더 깊이, 더 크게 감사하리라.

# 아버지의 수술

"느이 아빠랑 사는 게 얼마나 힘든 줄 아니."

아버지의 건강 검진 결과가 좋지 않았다. 수술을 받아야
한다는 소식을 전하며 엄마는 언제나와 같이 말문을 열었다.

엄마는 딸 역시 아버지와 33년을 넘게 함께 살았다는 사실
을 잊은 사람처럼 말했다. 연애하는 친구들이 남자친구 이야
기를 하고, 결혼한 친구들이 남편 이야기를 하듯 엄마는 매일
아버지 이야기를 했다. 딸이 회사나 친구 이야기를 하듯 엄마
는 아버지 이야기가 주요 소재였다. 가장 가깝고 흔한 사람과
일들에 관해 이야기하는 까닭이다. 내용은 대체로 짐작 가능
했다. 아빠가 얼마나 '남의 편'만 드는지, 아빠가 얼마나 엄마
말을 듣지 않는지, 아빠가 얼마나 엄마 속을 썩이는지.

엄마가 아직 여고생일 때 엄마에게 한눈에 반한 아버지는,
엄마의 대학 시절 내내 홍길동처럼 동에 번쩍 서에 번쩍하며
엄마를 쫓아다녔다. 교문 앞이며 대문 앞이며 엄마가 가는 길

목마다 밤낮으로 기다리고 있었다던 아버지는, 오빠와 내가 태어나자 아이들이 밤낮으로 울어대도 숙면을 취하는 능력을 발휘해 엄마의 배신감을 초래했다. 대학교를 졸업하자마자 아버지와 결혼한 엄마에게는 비교 대상이 없었다. 엄마는 아버지 외에 다른 사람과 연애를 해 본 적이 없으니 비교할 '전 남친'도 없었고, 여중—여고—여대를 졸업한 데다 사회생활을 해 본 적이 없으니 다른 '남사친'도 없었다. 객관적인 시각보다는 주관적인 경험만이 작용했다. 아버지는 엄마에게 늘 '평생 고생만 시킨 첫사랑이자 마지막 사랑'이었다.

아내가 보는 남편과 딸이 보는 아버지는 달랐다. 아버지는 자상하고 다정했다. 고등학교 때 통학버스를 타려면 새벽같이 일어나야 했다. 아침잠이 많은 딸이 일찍 일어나는 것을 힘겨워할 때면 아버지는 최후의 수단으로 볼 뽀뽀를 했다. "아빠 저리 가라니깐!" 딸은 비명을 지르며 일어났다. 초등학교 남학생들이 짝사랑하는 여학생을 부러 쫓아다니며 짓궂게 행동하는 것 같았다.

아버지는 지금도 매일 아침마다 긴 문자를 보내고, 눈이나 비 예보가 있을 때마다 우산을 챙겼는지 전화를 하신다. 아직도 엄마와 길을 다닐 때 손을 꼭 잡고 다니는 아버지의 핸드폰 주소록에 엄마는 '나의 사랑 ○○'으로 저장되어 있다.

"내가 연애를 한 번만 더 해 봤으면 느이 아빠랑 결혼을 안 했을 거라니깐."

엄마가 아버지 이야기를 할 때는 늘 칭찬보다는 흉을 보기 위한 경우가 많았다. 엄마가 유별난 것은 아니었다. 남편 흉 보기는 주부들의 일과 중 하나인 것이다. 결혼한 친구들은 모이면 경쟁이라도 하듯 설전을 벌였다. 남편이라는 족속들은 어찌하여 바지며 양말을 늘상 뒤집어 벗어 놓는 것이며, 빨래통의 존재를 무시하는 것이며, 장을 봐 오라고 내보내면 꼭 뭔가를 빼먹고 사 오는 것인지에 대하여. 왜 시키지 않으면 잠옷을 개어놓을 줄 모르는지, 왜 버젓이 있는 식탁을 두고 TV 앞에서 무언가를 먹다가 흘리는지, 왜 집안일을 하고 나면 꼭 잘했다고 말해 주기를 바라는지에 대하여.

그러나 이것은 사소한 트집이기에 가능했다. 배우자나 가족에게 진정으로 중대한 결함이 있는 경우에는 타인에게 말하기조차 어렵다. 모두가 알고 있는 부족함은 구태여 드러낼 필요도 없다. 오히려 동정을 피하기 위해 그것을 최대한 아무렇지 않은 일로 만들고자 한다. 남편이 실직을 했거나, 사업이 부진하거나, 중병에 걸렸거나 한 경우에는 오히려 밖에 나가 남편을 감싸는 것이 아내들이다. 남자들의 수다는 어떤 양상으로 전개되는지 알 수 없으나 아마 남편들도 비슷하지 않을까.

"느이 아빠랑 사는 게 얼마나 힘든 줄 아니."

도돌이표다. 2절이 시작되려나 보다. 토를 달거나 잘못 변호하려 들었다가는 엄마의 분노를 북돋을 수 있다. 딸은 잠자코 듣고 있었다. 아버지의 수술을 앞두고 엄마는 극도로 신경이 예민해져 있었다. 큰 수술이 아닌 시술 수준이니 걱정할 것 없다고 했지만 가족은 늘 걱정이 되기 마련이다. 엄마의 걱정은 아버지에 대한 푸념으로 에둘러 방출되었다. 일생 마음 졸여 살았는데, 칠순이 다 된 지금도 끝끝내 연말에 이게 뭐 하는 짓인지. 속상함과 불안함이 북받친 엄마는 기어이 눈물을 보였다. 딸은 엄마의 등을 쓸어 주었다. 잘 될 것이다. 잘 될 것이었다. 딸이 울고 있을 때 엄마는 딸 앞에서 눈물을 흘린 적이 없다. 딸은 엄마에게 휴지를 건넸다. 딸은 눈물을 보이지 않았다.

# 여덟 번째 날

아버지의 수술날이었다. 회복실 앞에서 우리는 모두 태연함을 가장하고 있었다. 현재를 건너뛰려는 사람들처럼 앞날의 계획만을 이야기했다. 연말을 기념하자며 맛집을 검색하고, 일출을 어디에서 볼까, 1월 추위는 평년과 비교해 어떤 수준일까를 논의했다. 두려움을 입 밖에 내지 않는 묵시적 합의가 존재했다. 잠재적인 생각일 때는 힘이 없지만 두려움을 발설하는 순간 그것은 가시적인 영향력을 미칠 수 있을 것만 같았다. 숨바꼭질을 하며 이불 속에 숨으면 술래에게 보이지 않을 것이라고 철썩같이 믿는 어린아이들 같았다.

며칠 동안 밤잠을 설친 엄마를 위해 커피를 사러 내려왔다. 기독교계 대학 병원이라 그런지 로비에는 대형 트리가 설치되어 있고, 교회의 청년 성가대가 산타 모자를 쓰고 캐럴이며 찬송가를 부르고 있었다. 달리 유흥거리가 없는 병원에서 이들의 합창은 사람들의 시선을 한데 모았다. 환자와 보호자들의 얼굴에 잠시나마 화색이 돌았다. 병원에 머물러야 하는 사람들에게 가장 힘든 시기는 이맘때가 아닐까. 모두가 가장 행복하고 들뜬 이 시기는 빛이 강한 만큼 그림자도 짙기에. 하필 크리스마스는 아버지의 생신이기도 했다. 매년 두 배로 즐거운 날이었는데, 올해는 얄궂게 느껴졌다.

심장혈관병원 건물에는 작은 기도실이 있었다. 평소에는 과학적인 견지에서 신의 존재에 의문을 제기하곤 했다. 창조론은 미심쩍으나 진화론은 설득력이 있다고. 지식인일수록 종교가 아닌 과학을 믿는다고. 그러나 삶의 고비나 근심 앞에서는 늘 절대자의 존재에 안심하고 그에게 의탁하게 되는 간헐적 신앙심이 발현된다. 기도실 의자에는 성경책이 놓여 있었다. 습관적으로 책장을 넘겨 보았다. 기회주의적 신자라며 신이 외면하지 않기를, 경건하게 성경을 읽는 행위로 인해 과거의 불신은 덮여지고 신실한 경의만이 절대자에게 전해지기를 바랐다.

'한 처음에 하느님께서 하늘과 땅을 지어내셨다…. 하느님께서는 엿샛날까지 하시던 일을 다 마치시고, 이렛날에는 모든 일에서 손을 떼고 쉬셨다. 이렇게 하느님께서는 모든 것을

새로 지으시고 이렛날에는 쉬시고 이 날을 거룩한 날로 정하시어 복을 주셨다.'

창세기의 하느님은 이렛날까지의 한 사이클을 완성했다. 그러나 이렛날이 지나고 여덟 번째 날에 신은 무엇을 했단 말인가. 모든 것은 '보시니 참 좋았'던 한 처음의 상황과는 전혀 달랐을 수도 있다. 신의 창조물은 신을 실망시키거나 분노하게 했을 수도 있다. 소돔과 고모라처럼, 손수 창조하고 생명을 불어넣은 피조물을 벌하고 멸해야 했을 수도 있다. 신의 오류일까 섭리일까. 신의 탓일까 인간의 탓일까.

어느 누구도 계획대로 삶을 살 수는 없다. 일곱 번째 날 이후부터 세상도 신의 의도대로 흘러간 것은 아니다. 전쟁과 기근, 범죄와 살인, 인간과 신에 대한 모독과 교만이 횡행했고, 지도와 국경을 바꿔놓기도 했다. 현자와 성인이 탄생하는 한편 독재자와 범법자도 출몰했으며 평화는 늘 위협당하고 사랑은 늘 오해 받았다. 그 가운데에서도 신의 뜻을 실천하고 전파한 것은 필부들의 힘이었다. 그들이 진화된 영장류인지 아담과 하와의 후손인지가 중요한 것이 아니었다. 잔디밭의 나무 한 그루와 꽃 한 송이는 눈에 띄지만 잔디밭이 없다면 거목도 구근도 뿌리내리지 못할 것이다. 풀잎 같은, 잔디 같은 모든 사람과 모든 순간이 신의 기적이었다.

기적이 산재한 삶이었기 때문에 매일의 기적 속에서 살아가는 것을 여적지 알지 못했다. 그것을 위협받고서야 비로소 갈망하게 되는 평범한 날들. 늘 신의 존재를 반신반의했으나 당연하고도 타당하게 부여받았다 믿었던 모든 것들이 사실은 절대자의 선물임을 자각하게 되었을 때, 생은 겸허하게 내려앉았다. 딸은 비로소 깨닫는다. 달력에서 크리스마스나 새해를 확인하며 날짜를 세어 왔지만 절대자의 달력에는 이토록 세분화된 날짜가 존재하지 않으리라는 것을. 신의 시간 속에서 우리는 모두 여덟 번째 날의 길고 긴 연장선상에 살고 있다는 것을. 12월 25일도, 12월 31일도, 1월 1일도 다른 모든 날들과 다르지 않으며 매일은 같은 무게로 소중한 날임을.

딸은 돌아와 며칠 사이 부쩍 수척해진 엄마를, 병실에 모인 가족을 바라본다. 네 식구가 온전하고도 완전하게 모여 웃을 수 있는 날들은 얼마나 남아 있을까. 나이가 제법 찼는데도 여전히 딸로만 머물러 있는 스스로의 모습에 가끔은 초조해졌고 가끔은 미안해졌다. 누군가에게는 쉽게 얻어지는 아내나 엄마라는 이름이 왜 내게는 이토록 어려운지, 자책하기도 했고 주눅 들기도 했다. 지금쯤은 가능하리라 믿었던 시간은 자꾸 미뤄졌다. 그러나 중요한 사실을 잊고 있었다. 식구수가 줄지 않은 지금에 감사해야 함을. 시간은 유한하고 모래시계의 윗부분은 계속 줄어들고 있을 것이다. 아직 계속되는 여덟 번째 날을 더욱 견고하고 촘촘히 살리라. 매일의 기적을 더 깊이, 더 크게 감사하리라. 딸은 엄마와 말없이 커피를 마셨다.

## 콩쥐와 두꺼비

아버지의 수술이 끝나고 엄마는 감기몸살과 장염으로 크게
앓았다. 주말에 집에 가서 엄마를 볼 때마다 엄마는 나날이
야위어 갔다. 누가 보면 아버지가 아닌 엄마가 수술을 받은
줄 알 것 같았다. 몸을 지탱해 줄 근육이며 살이 모두 빠져나
간 것 같았다. 반원형으로 굽은 등을 한 채 엄마는 끊임없이
집안일을 하고 있었다. 내가 안 움직이면 집안 꼴이 뭐가 되
니, 하면서. 딸은 엄마에게 누워 쉬라고 쫓아다니며 잔소리
를 했지만 씨알도 먹히지 않았다. 그러나 딸은 힘이 없어진
엄마 손에서 득의양양하게 청소기를 빼앗았다.

딸이 이 몰골이었다면 엄마는 딸보다 더 크게 앓아누웠을
것이다. 과한 걱정이나 '그럴 줄 알았다'로 시작되는 공격을
받지 않으려면 좋지 않은 일은 아예 숨기는 편이 나을 때도
있다. 엄마에게는 '내 딸에게는 절대 일어나서는 안 되는 일'

들의 긴 목록이 있었다. 삶은 동화가 아닌 현실이라, 일어나는 일은 일어나기 마련이었다. 삶의 어려움을 마주할 때마다 딸은 남보다 태연했고 엄마는 남보다 동요했다. 고통을 증가시키는 함수라도 적용되는 것일까. 이미 엄마를 잃은 엄마는 작은 위기라도 감지될 때마다 딸마저 잃을 수 없다는 방어기제가 폭발하는 듯했다.

딸은 자신이 겪고 있는 어떤 일들보다도 엄마의 오열이나 비탄을 보는 것이 가장 힘들었다. 사회에서 권장한 각종 도서와 이야기 덕분에 딸은 사람의 성장을 위해서는 시련이 필요하다고 쿨하게 생각할 줄 알았다. 가끔 감당하기 힘들어질 때면 신화와 영웅담과 위인전을 떠올리며 애써 위안을 삼았다. 얼마나 훌륭한 사람이 되려고 이런 일을 겪는 걸까, 조금 덜 훌륭해지고 평범한 아줌마로 살고 싶었는데. 혹은 더 힘든 상황에 처한 사람들을 생각했다. 고통의 비교급은 비겁한 일이지만 효과적인 일이기도 했다. 나의 고통이란 누군가의 더 큰 고통 앞에 맥을 추지 못하는 법이다.

제법 배포를 부리는 딸이었지만 엄마는 늘 아킬레스건이었다. 딸은 속내를 감춘 채, 무너져내리는 엄마 앞에서 한없이 매정하게 굴었다. 삶의 본질이란, 누구에게 어떤 일도 일어날 수 있다는 것. 나에게만 일어나지 않는 일이라는 것은 아무것도 없다는 것. 그래서 엄마에게는 너무나 미안하지만, 엄마 딸에게 일어난 일은 엄마가 그토록 충격에 휩싸이고 비통해할 일이 아니라는 것. 자라면서 엄마에게 귀에 못이 박히게 들어온 이야기였는데 엄마는 다 잊은 모양이었다. 다 자란 딸은 엄마에게 들은 이야기를 엄마에게 다시 일러 주고 있었다.

엄마, 나에게만 일어나지 않는 비극은 없어. 엄마는 상상하기 싫겠지만, 사실 어떤 나쁜 일도 더 일어날 수 있어. 하지만 뒤집어 보면, 나에게만 일어나지 않는 좋은 일이라는 것도 없는 거니까 어떤 좋은 일도 일어날 수 있는 거잖아. 어떻게 나한테 이런 일이 일어날 수가 있어, 하는 나쁜 일이 아니라, 와 나한테 이런 일도 일어날 수 있구나! 하는 좋은 일도 생길 수 있는 거야. 엄마는 딸에게 한숨을 쉬며 대꾸했다. 엄마도 알지. 아는데, 그게 네 일이면 마음대로 안 되는 걸 어떡해.

딸은 매번 비틀대고 넘어지는 엄마의 심약함이 걱정스러웠다. 엄마를 비판하기도 하고 나무라기도 하고 간혹은 화를 내기도 했다. 엄마는 더 강해져야 한다며 다그치기도 했다. 그러나 사실 딸이 그 모든 시간을 쓰러지지 않고 견딜 수 있었던 것은, 등뼈를 세우고 평정을 유지할 수 있는 것은 오로지 엄마 덕분이다. 밑 빠진 독에 물 붓기를 하며 허우적대던, 지난(至難)했던 지난날에는 언제나 그 깨진 자리를 온몸으로 막아내고 있던 엄마가 있었다. 콩쥐야, 넌 걱정 말고 잔칫집에 가렴. 구멍 난 물독을 메우고 있던 두꺼비처럼 있는 힘껏 버티어 주던 엄마가 아니었다면 딸은 항아리에 그토록 평온하게 물을 가득 채울 수 없었으리라.

언젠가 엄마가 곁에 있지 못하는 날이 오더라도 딸은 먼 심연의 밑바닥에서 기꺼이 몸을 낮춰 깨진 홈을 메꾸고 있는 엄마를 발견할 수 있으리라. 요술도 마법도 부릴 줄 모르는 우직한 엄마지만, 삶은 동화가 아니며 요정이나 선녀나 산신령은 나타나지 않는 것을 알지만, 엄마는 그 모든 조력자의 총합보다 큰 존재기에. 도움닫기를 하는 것조차 늘 헤맸던 울보 늘보 딸에게 엄마는 늘 든든한 발판이었다. 엄마를 딛고, 엄마 등을 받치고 헤쳐온 세월이 너무 길어서 딸은 엄마의 앙상한 등을 바라보기가 아프다.

## 알고 보면 불쌍하지 않은 사람 없다

입사 동기의 아이가 아프다는 소식을 들었다. 아이를 위해 헌혈증이 필요한 모양이었다. 직접 헌혈을 하기도 하고 주위에 수소문해 받기도 한 헌혈증을 십시일반 모아 전달했다. 나와 우리 가족의 병원 출입도, 다른 누군가가 아프다는 소식도 점점 잦아진다. 그러나 세상에는 아무리 흔해져도 좀처럼 익숙해질 수 없는 일들이 있다.

"엄마, 엄마 아빠가 아픈 걸 보는 거랑 자식이 아픈 걸 보는 거랑은 다르겠지."

"그럼. 엄마 봐봐. 외할아버지가 십 년 넘게 누워 계셨어도 멀쩡히 문병 다니고 병수발 들고 다 했는데 너희가 어쩌다 한번 아프면 아무 일도 못 하잖아."

지인들의 부고가 조부모님에서 부모님으로, 배우자로, 간혹 자녀로까지 불쑥 내려오는 것을 볼 때 마음이 덜컥 내려앉는다. 무어라 조문사를 건네야 할지 적절한 말을 찾을 수 없어 끝내 입을 열지 못하고 돌아온 적도 다반사였다. 나는 영화나 책을 보고도 잘 울지 않는 강심장이다. '저건 허구야'라는 강한 자기암시를 걸어 슬픔을 무력화시키는 능력이 있다고 자신했다. 그러나 문상을 가게 되면 이성으로 통제되지 않는 눈물에 당황한다. 눈앞에서 마주하는 상실의 아픔은 말없이 전이된다. 눈물은 언어 대신 조의를 전달했다.

주민등록상의 나이와는 별개로 모두가 다른 사회적 나이로 살아간다. 집이나 회사에서 막내인 관계로 적지 않은 나이임을 자꾸 잊는다. 그러나 관혼상제의 도리 중 혼례보다 부고의 소식이 더 잦아졌다는 것을 알았을 때, 카톡 프로필 사진에서 지인의 사진보다 아이들의 사진이 더 많아졌을 때, 나이의 무게는 조금씩 무거워진다. 인맥의 지층이 다양해질수록 경사도 조사도 늘어나고, 인간사의 대소사가 다양한 스펙트럼으로 나타났다.


사진 속의 아이들은 돌잔치를 하고, 유치원이며 초등학교 입학을 하며 빠른 속도로 아기에서 어린이가 된다. 부모들은 키나 학년 대신 다른 것들을 늘려 간다. 당 수치나 혈압이라던가 체중 같은 것들. 자동차 배기량이나 아파트 평수나 부채 잔액 같은 것들. 그리고 삶의 무게와 부모의 책임 같은 것들. 철모를 때는 남의 이야기를 가십처럼 엄마에게 전했다. 엄마는 남 얘기를 정말 남의 이야기로만 생각하는 딸을 나무랐다. 알고 보면 불쌍하지 않은 사람 없다. 사람 사는 게 별게 없어. 사람은 다 안된 거야.

세상에는 잘 된 사람들도 많은데, 다 가진 것 같은 부러운 사람들도 많은데 엄마는 왜 사람들이 안 됐다고 할까. 그건 아마도 엄마가 많이 아팠기 때문일 것이리라 생각했다. 엄마가 없었기에 늘 마음이 아팠고, 사고의 후유증으로 늘 몸이 아팠기 때문이리라. 직육면체의 숨겨진 면을 찾으시오, 와 같은 수학 문제처럼 엄마는 사람들의 아픔을 자연히 감지했다. 엄마의 감정에는 좀처럼 내성이 생기지 않았다.

사람이 사람을 대하는 가장 따뜻한 마음은 아마도 연민이 아닐까. 그러나 엄마는 딸에게만은 모순된 태도를 보였다.

"알고 보면 불쌍하지 않은 사람 없어. 사람은 각자 다 자기 몫의 짐이 있는 거야."

"엄마, 남 걱정 하지 마. 우리가 제일 불쌍해."

"우리가 뭐가 불쌍해. 말을 곱게 해야 복이 들어오지."

"알았어. 우리가 제일 행복해. 됐지?"

"그래."

불쌍하지 않은 사람 없다더니, 우리는 또 불쌍하면 안 되는 것이었다. 알 수 없는 노릇이었다.

## 죄와 벌과 결혼

"내가 무슨 죄가 많아서…"

엄마는 미혼의 딸이 새해를 맞아 한 살을 더 먹는 것이 못 내 속상한 모양이었다. 서른아홉 12월에 결혼한 딸은, 서른 아홉이 되던 해 초까지만 해도 결혼은 커녕 남자친구도 없어 엄마의 속을 까맣게 타들어 가게 했다. 딸이 서른아홉을 맞이 하던 해에, 엄마는 그 결과가 자신의 탓 인양 어쩔 줄을 몰라 했다. 21세기 트렌드, 혹은 미래 트렌드의 대세로 떠오른 '핫한' 1인 가구의 중심에 딸이 있는데, 엄마는 엄마 세대의 트렌드로 딸을 이해하려 했다. 변명이 아니라 진짜로, 기회가 없었던 것은 아니다. 그저 그 정도로 마음이 끌리는 사람을 만난 적이 없었고, 결혼 자체에 대해 조급함이 없었고, 아직 하고 싶은 일이 많았다. 어쩔 수 없는 상황 때문이 아니라 나 의 선택에 의한 것이었다. 엄마의 조바심도 이해하지만 확신 없는 길을 나이 때문에 무작정 들어서기는 더더욱 자신이 없었다.

이제는 제법 단단하게 발 딛고 살 수 있겠구나, 하는 자신
이 들었을 때. 그래서 결혼을 해도 적어도 나 자신 때문에 흔
들리지는 않고 잘 살 수 있을 것 같다는 확신이 들었을 때.
나를 닮은 존재가 세상에 있어도 부끄럽지 않을 것 같다는 생
각이 들었을 때. 그 때가 왔을 때 나는 이미 혼기가 꽉 차고
도 넘쳐 있었다. 어쩌다 실수로 결혼정보회사의 전화를 받게
되면 커플매니저들은 나이를 지적하며 조급함을 유도했다.
학력과 직업과 재산과 나이와 외모와 연봉으로 완벽하게 등
급을 나눠 놓은 그 세계는 친절하고도 냉정한 방식으로 계층
이동의 불가능을 역설했다. VIP 등급에 속한다는 명목으로
가산금을 주장했지만 실상은 희박한 가능성에 절박하게 매달
리는 사람들의 심리를 활용한 웃돈일 뿐이었다. 기회비용을
따져보면 지불할 의사도 의욕도 상실되는 금액이었다. 거액
을 지불한다 해도 실제 시장에서는 상대가 원하는 등가교환
의 매개가 있어야 했고, 교환가치가 없다면 거래는 성사될 수
없었다.

따라서 이 '정직한' 물물교환의 시장은 사람들의 간절함과

이기심과 자괴감을 먹고 급속도로 자라났다. 간혹 소개팅이나 선과 같은 자리에 나가게 되면 완벽한 상품으로 평가받는 나 자신을 느낄 수 있었다. 상대방이 느끼기에는 나 역시 마찬가지의 자세였을지 모른다. 나이가 차서 대면하는 만남이란 마치 홈쇼핑에서 쇼호스트가 설명해 놓은 제품에 대해 직접 검증하러 나온 자리 같기도 했다. 생각보다 별로라면 실망해서 사지 않고, 생각보다 괜찮으면 다른 구매자가 나타난다던가 구매를 거부당한다던가 하게 되는. 거절이나 혹평을 피하려면 서로가 자신을 열심히 설명해야 했다. 설명을 한 쪽도 들은 쪽도 피곤하기는 마찬가지였다. 설명하지 않아도 나를 알아줄 수 있는 사람을 만나고 싶었다. 소꿉친구라던가 옛 동창이라던가 동네 오빠라던가. 그러나 드라마에서는 흔하게 발생하는 일들이 현실에서는 쉽지 않았다.

연애로 만난 첫 남자친구와 결혼한 엄마는 소개팅의 매커니즘과 정신적 피로감을 이해하지 못했다. 차라리 그 시간과 비용으로 자기 계발을 하거나 여행을 하는 것이 낫다는 주장을 납득하지 못했다. 엄마 친구들은 다 맞선으로 결혼했지만 잘 살고 있으며, 여러 사람을 만나 보아야 사람 보는 눈도 생긴다는 것이었다. 딸이 독신주의자인 것도 아니고 어쩌다 보니 나이를 먹었을 뿐이다. 그렇다고 땅을 치고 후회되는 옛 연인이 있는 것도 아니었다. 혼자 노는 사람들이 많아지며 혼자 할 수 있는 일도 많아져 심심할 틈도 없었다. 그저 흔한 사회 현상의 한 단면을 보여주는 존재일 뿐이다. 의도한 것은 아니지만 좌절할 일도 아니었다. 그러나 가계의 평균을 '1인 가구'가 아닌 '4인 가구'로 믿고 있는 엄마에게 딸은 해결하지 못한 과제물과도 같았다.

그러나 결혼에 대한 엄마의 인식에는 모순이 있었다. 분명 방금 전까지는 내가 무슨 죄가 많아서 느이 아빠 같은 사람과 사는지 모르겠다며 혀를 끌끌 차다가도, 갑자기 이번에는 또 내가 무슨 죄가 많아서 네가 아직도 시집을 못 갔는지 모르겠다며 한탄을 하는 식이었기 때문이다. 물론 이 허점을 지적하는 순간 대화는 잔소리로 변환되므로 잠자코 있어야 한다. 할 때가 되면 어련히 할 텐데, 엄마의 죄로 인한 결과도 엄마에게 내려진 벌도 아닌데, 죄와 벌의 논리로 해결할 수 없는 문제에 엄마는 자꾸 무엇을 잘못했나 고심했다. 고심하는 엄마를 보며 딸은 역시 내가 뭘 잘못해서 엄마를 이렇게 걱정시키나 고심했다. 마치 고심의 무한반복과도 같았다.

드라마나 영화에 등장하는 화려한 싱글라이프는 아니지만 이만하면 궁상맞거나 쓸쓸하지는 않은 삶이라고 생각했다. 이십 대 후반에는 빨리 결혼을 하고 싶어 안달이 나기도 했다. 그러나 원한다고 되는 일은 아니었다. 시간이 흐르고, 나이를 먹고, 소개팅이며 선의 빈도가 줄어갔다. 수긍과 체념과 그 사이의 어디쯤에서 결혼에 대한 니즈(needs)는 점점 약해졌다. 배우자의 존재가 아쉬울 때는 이를테면 이런 순간들이었다. 맛집에서 2인 이상만 주문되는 메뉴가 먹고 싶을 때, 원피스 등 뒤의 지퍼를 혼자 올리거나 내리기가 힘들 때, 분리수거 하러 갈 때 손이 부족해 두 번을 오르락 내리락 해야 할 때, 동반자 1인까지 무료인 통신사의 영화 예매 혜택을 매번 지나쳐야 할 때. 그러나 이를 위해 연애나 결혼을 할 수는 없는 노릇이었다.

무엇보다 딸에게는 언제든 이야기를 들어주고 맞장구를 쳐주고 맛집을 함께 갈 수 있는 절친인 엄마가 있었다. 딸이 생각하는 결혼이란 '약속을 잡지 않아도 항상 같이 놀 수 있는 절친이 있다는 것'이 핵심이었는데 우리 사회가 원하는 결혼이란 훨씬 복잡다단한 일들을 요구했다. 아내와 며느리와 엄마의 역할을 하며 직장까지 다니는 삶은 존경심을 불러일으켰다. 회사를 다니며 엄마가 내게 했던 것처럼 내 아이에게 해 줄 수 있을까 고민이 되기도 했고, 육아 스트레스나 가정 내의 갈등으로 고통을 겪는 지인들을 보면 겁이 나기도 했다. 대학 입시나 취업을 앞두었을 때와 비슷한 일이 결혼에도 적용된다. 미혼일 때에는 결혼만 하면 될 것 같지만 막상 결혼을 하고 나면 생각지도 못했던 문제가 줄줄이 발생한다. 그때가 되면 '결혼만 하면 다 해결될 것 같았던 과거의 그 때'가 그리워지는 것이다.

그러나 엄마가 "내가 무슨 죄가 많아서…"로 시작되는 푸념을 시작할 때 이상하게도 조금은 안심이 되었다. 그렇게 말하는 엄마의 속내는 엄마의 40여 년이 넘는 결혼 생활을 돌아보았을 때, 적어도 벌을 받는 것처럼 느껴지지는 않는다는 이야기일 것이다. 여기에는 아들과 딸의 존재가 제법 큰 몫을 차지하고 있을 거라는, 근거 있는 자신감 덕분이다. 엄마의 결혼으로 인한 결과물을 셈해 보자면 대단한 재물이 남은 것은 아니었기 때문이다. 부귀영화는 누리지 못했어도 소소한 행복은 아쉽지 않게 누렸다는 반증이리라. 아마도 엄마의 결혼 생활이나 자녀들의 성장 과정을 돌아보았을 때 적어도 결혼을 하는 쪽이 아닌 결혼을 하지 않는 쪽이 더 '죄'로 느껴진다는 이야기일 것이리라. 딸의 존재로 인해 엄마가 아주 큰 상을 받은 것 같다고 생각되면 좋을 텐데, 적어도 벌을 받았다고 여기지는 않는 것 같아 다행이다. 엄마에게 그 정도의 딸은 되어줄 수 있어 다행이다.

엄마의 소원대로 딸은 시집을 갔다. 그렇지만 엄마는 역시나 그날부터 새로운 걱정을 하나 만들어 "내가 무슨 죄가 많아서…"라는 죄책감의 메들리를 읊어대고 있었다. 매사에 염려가 많고 자신이 없는 엄마가 늘 답답하기도 하고 때로는 화가 나기도 했다. 딸은 이제서야 짐작한다. 엄마에게 엄마 되는 법을 배우지 못한 엄마는 아직도 불안함의 탯줄을 끊지 못했다. 미완의 엄마가 아홉 달이 아닌 서른아홉 해를 품어온 덕분에 딸은 온전히 자신의 삶을 살 수 있었다. 이성의 관심을 갈구하지 않아도 될 만큼 충분한 애정을 쏟아준 엄마가 있었기에 연애나 결혼이 아쉽지 않았다. 엄마가 받아본 적 없던 모든 것을 딸에게 아낌없이 준 덕분에 딸은 정신적 허기를 느

낄 틈이 없었다. 그러나 엄마의 공허함은 분화구처럼 늘 그대
로였다. 딸은 이제 엄마를 품어주어야겠다고 생각한다. 딸이
었던 기억이 없는 엄마와 엄마였던 적 없는 딸은 그렇게 서로
를 품는다.

## 소보로빵과 단팥빵

　엄마는 나쁜 습관이 있었다. 소보로빵이나 단팥빵을 먹을 때 이른바 '맛있는 부분'만 골라 먹는 것이었다. 소보로빵은 빵 위의 과자 같은 부분만, 단팥빵은 빵 안의 앙금 부분만을 쏙 빼먹곤 했다. 나와 오빠는 엄마를 놀리곤 했다. "엄마는 우리한테는 편식하지 말라면서 엄마가 편식하고 있잖아!" 엄마는 부끄러워하는 기색을 보였지만 그래도 빵의 밋밋한 부분을 고집스레 남겼다.

　엄마가 남긴 빵은 고스란히 아빠의 몫이었다. "누가 또 아빠 먹으라고 이렇게 남겨놨구나?" 하며 헐벗은 소보로빵에 잼을 발라 먹거나, 껍질만 남은 단팥빵을 커피와 함께 먹거나 하는 식이었다. 음식을 가리지 않는 아빠와 산다는 것은 엄마에게 큰 행운이었다. 그러나 정말 행운은 아빠와 엄마의 서로에 대한 마음이었다. 아빠는 엄마가 남긴 빵의 나머지 부분을 먹는데 전혀 불만이 없었다. 아니, 사실은 조금 즐기는 것 같기도 했다. 엄마가 고맙다고 말하면 역시 나 만나길 잘했지, 하며 으쓱해하곤 했다. 아빠가 엄마를 이만큼 사랑한다는 증표 같아 보이기도 했다.

아빠는 늘 퇴근이 늦었다. 우리는 주로 저녁을 9시쯤에야 먹었다. 다른 집에서는 저녁을 6시쯤 먹곤 한다는 것을 친구 집에 놀러 가서야 알았다. 밤늦게 자꾸 무언가를 먹는 습관은 아마 이 무렵부터 고착화된 행동이리라. 엄마는 나와 오빠가 8시쯤 배가 고프다고 보채거나 하면 우리에게 먼저 저녁을 먹게 했다. 그리고 엄마는 아빠가 아무리 늦더라도 꼭 아빠를 기다렸다가 함께 저녁을 먹었다. 우리는 저녁을 먹은 뒤라도 식탁에 앉아서 재잘댔다. 엄마는 저녁을 먹고 과일을 깎아 주곤 했다. 그 늦은 시간에 저녁을 먹고 나면, 설거지를 하고 음식 잔여물을 정리한 뒤 한밤중이 된다는 것을 어릴 때는 몰랐다.

그러니까, 아무리 늦은 시간이라도 우리에게는 적어도 하루에 한 시간 정도는 식탁에 둘러앉아 이야기를 하는 시간이 있었다. 나와 오빠에게 그 날 무슨 일이 있었는지 제법 소상히 이야기를 할 때도 있었고, 엄마와 아빠의 이야기를 가만히 앉아 듣고 있을 때도 있었다. 어른들의 이야기를 우리가 알 턱이 없었지만 그래도 엄마와 아빠의 이야기를 듣고 있는 것은 퍽 재미있었다. 때로 오빠와 나는 서로 놀리거나 발장난을 하며 킥킥대기도 했다. 이상하게도, 엄마 아빠만 남겨놓고 방에 들어갈 생각 같은 것은 하지 않았다. 우리는 강아지처럼 엄마 아빠만 보며 앉아 있기도 했다. 가족이 함께 모여 있다는 자체로 아늑하고 평온했다.

모카빵의 과자 같은 껍데기 부분을 떼어먹다가 문득 아빠와 엄마 생각이 났다. 아빠는 사실 빵의 남은 부분을 굳이 먹지 않아도 되었다. 혹은 엄마에게 음식을 남기지 말라고 타박할 수도 있었다. 엄마는 아빠를 기다리지 않고 먼저 우리와 저녁을 먹을 수도 있었다. 외식을 하고 들어오라고 할 수도 있었다. 엄마는 아빠에게 집밥을 차려주고 싶었을 것이다. 그러면서도 아빠가 집에 와서 혼자 늦은 저녁을 먹는 것이 마음에 걸렸을 것이다. 나와 오빠는 그 모습이 좋았다. 엄마 아빠의 믿음과 애정 속에 우리는 더할 수 없이 안온했고, 온전한 보호의 울타리 속에 있다는 확신이 들었다. 우리 또한 그 사랑의 연장선상에 있다는 든든함과, 그 사랑의 결과물이라는 묘한 뿌듯함 같은 것이 있었다. 사랑받고 있다는 느낌은 기분 좋은 것이다. 나를 향한 것이든 내가 사랑하는 사람들을 향한 것이든. 아직도 손을 꼭 잡고 걸어 다니시고, 소소한 장난을 치며 웃곤 하시는 엄마와 아빠의 모습이 새삼 감사하다. 그 사랑이 여전히 딸을 키운다.

# 그건 버리지 마라

딸은 결혼을 앞두고 이사를 했다. 주말부부인 딸은 결혼 후에도 당분간 오피스텔에서 지낼 예정이었다. 날짜와 금액이 맞는 집은 이전 집보다 한 평 정도가 작았다. 한 평 차이인데 수납공간의 차이는 어마어마하게 느껴졌다. 큰 평수의 집에서는 한두 평의 차이가 크지 않지만, 작은 평수의 집에서는 한두 평의 차이가 아주 크게 체감된다. 집을 구한 안도감도 잠시, 짐을 줄이는 것이 큰 과제가 되었다. 대체 이 옷은 언제 산 것이지? 지네도 아닌데 신발은 왜 이렇게 많지? 읽지도 않을 거면서 이 책은 왜 샀지? 아니 이 목도리는 산 기억이 없는데? 딸은 이삿짐을 다이어트 시키느라 이사도 하기 전부터 진이 빠져 버렸다.

이렇게 준비를 했는데도 막상 이삿날이 되니 딸은 온갖 쓸데없는 물건과 잡동사니를 부둥켜안고 살고 있었다. 이삿짐을 나르는 아저씨는 심각한 표정으로 말씀하셨다.

"오피스텔 이사라고 해서 짐이 얼마 안 될 줄 알았는데…
이 정도면 오만 원은 더 주셔야겠는데요."

딸은 머리를 조아리며 알겠다고 말씀드렸다. 엄마는 기가
찬 표정이었다.

"너 짐 정리했다더니 이게 한 거야?"

역시 청소와 정리는 엄마가 등판해야 한다. 딸도 나름 자
취 경력이 6년 차로 접어드는데 왜 엄마가 한 청소와 딸의 청
소는 결과물에 이렇게 큰 차이가 나는 것인지. 딸은 말을 얼
버무렸다.

"아니, 한다고 했는데 이렇게 많은 줄 몰랐지…"

"세상에 이게 다 돈인데… 너 힘들게 돈벌어서 헛짓하려면
계속 이렇게 살아."

엄마의 잔소리를 BGM으로 들으며 딸은 짐 정리를 재개했
다. 엄마가 나서니 정리가 일사천리로 되었다. 딸이 혼자 정
리할 때는 보이지 않던 온갖 오래된 티셔츠며 구멍 난 양말,
여행지에서 충동 구매한 기념품, 대체 언제 다녔는지 기억도
나지 않는 학원 교재, 고등학교 때 샀을 법한 머리핀, 권장
소비 기간이 지난 화장품 같은 것들이 구석구석에서 쏟아져

나왔다. 20리터 쓰레기 봉지를 몇 개나 내다 버리고, 의류함에 한 자루치는 되는 옷들을 내다 버리고서야 집 안에 있는 수납장에 딸의 짐을 가까스로 욱여넣을 수 있었다.

"이런 싸구려 옷 사서 입지 말고 차라리 제대로 된 옷을 사서 오래 입어."

인터넷 쇼핑몰에서 산 옷들을 한가득 내다 버린 후 엄마는 딸에게 잔사설을 늘어놓았다. 옷 더 안 사. 이제 옷을 더 사면 내가 사람이 아니다. 이 집은 내 짐들을 토해버리고 말 거야. 딸은 다짐했지만, 얼마 가지 못할 다짐임을 딸도 엄마도 알고 있었다.

옷과 잡동사니는 정리했지만, 책이 문제였다. 벽면에 아주 큰 책장이 자리 잡고 있어 책을 두 단으로 빽빽히 꽂을 수 있었던 이전 집에 비해 새집은 책꽂이가 부족했다. 대학교와 대학원 때 전공 서적부터 해서 요즘은 펼쳐보지도 않는 고전문학과 오래된 경영서까지, 버릴 책은 많았다. 딸은 책을 빼서 바닥에 내려놓기 시작했다.

"너 뭐 하는 거니? 이거 다 버리려고?"

"응, 어차피 요즘은 읽지도 않는 건데. 봐, 종이도 다 누렇게 바랬잖아."

"그래도 그건 버리지 마라."

"왜? 이거 다 꽂을 데도 없어."

"TV에서 보면 유명한 사람들이나 작가들 인터뷰할 때 항상 뒤에 서재가 있고 책이 가득하잖아. 엄마는 그게 참 좋아 보이더라고. 누가 아니, 네가 나중에 성공해서 유명한 사람이 될지…."

딸은 이미 포기한 딸의 성공을, 딸의 미래를, 엄마는 아직 포기하지 못했나 보다. 아마도 평생 그 희망을 버리지 못할 한 사람이자 그 희망 위에서 살아갈 한 사람. 딸마저 스스로에 대한 기대를 내쳐도 딸에 대한 기대를 내치지 않을 마지막 사람.

"엄마, 나 이제 마흔이야. 성공하려면 진작했겠지."

딸은 엄마에게 투덜댔지만, 뽑아냈던 책들을 차곡차곡 책꽂이에 도로 꽂았다. 짐이 부쩍 줄어든 집에서 책들만이 파수꾼처럼 제자리를 지키고 있었다.

# 침묵을 깨는 사람

모녀는 자주 싸웠다. 엄마와 딸의 싸움은 지난하고 지루하다. 여느 딸들과 마찬가지로, 딸은 한창 사춘기 고등학생 무렵 엄마와 자주 티격태격했다. 말이 티격태격이지, 언성은 꽤나 높아졌다. 딸은 엄마와 싸울 때마다 긴 편지를 써서 엄마의 화장대 위에 올려놓고 등교하곤 했다. 며칠이 지나도록 말은 한 마디도 하지 않았다. 긴 침묵은 서로를 답답하게 만든다. 그러나 말은 주워 담을 수 없고, 말로 낸 생채기는 아물기 어렵다. 감정이 격앙되었을 때 내뱉는 말들은 대체로 이성적이지 않으며, 실제의 감정보다 강도 높은 단어들이 오간다. 그렇게 해서 순간의 울분을 최대한 상대에게 드러내려는 것이다. 마치 서열을 가리기 위해 서로를 공격하는 맹수들처럼 사람들도 서로에게 가능한 깊은 타격을 가하려 노력한다. 딸은 주장했다. 엄마에게 상처를 주지 않기 위해, 화가 났을 때에는 말을 하지 않는 것이라고. 분노가 극에 달했을 때에는 말보다는 글로 의사소통하는 것이 현명한 방식이라고.

논리적으로는 옳을 수도 있었지만, 실질적으로는 집안에 감도는 정적이 온 가족을 숨 막히게 했다. 딸은 교만했다. 제가 옳다고 믿는 것이 다른 사람들에게도 옳을 것이라 여겼다. 딸은 건방졌다. 제 생각이 엄마의 생각보다 우월하다고 믿었다. 딸은 이기적이었다. 엄마의 답답함을 헤아리지 못했다. 딸은 나빴다. 긴 냉전을 깨고 언제나 먼저 화해를 청하는 쪽은 엄마였다. 딸은 민망하고 머쓱하다는 이유로 언제나 엄마가 먼저 손을 내밀어 주기를, 말을 걸어 주기를 기다렸다. 엄마라는 이유로 딸의 모든 이기와 편협함을 감싸줄 거라 기대했다. 딸은 자신의 나이 때 엄마가 없었던 엄마가 이러한 경험이 없을 것임을 알았다. 사람과 사람의 관계 속에서는 늘 더 많이 사랑하는 쪽이 약자가 된다. 딸은 자신이 강자임을 알았다. 그것을 당연시해서는 안 되는 것이었다.

딸은 제가 누리는 모든 것들이 엄마가 치른 고통의 값임을 알아야 했다. 딸은 제가 받은 그 모든 사랑이 엄마가 버텨 온 외로움의 값임을 알아야 했다. 그것을 일찍 깨닫지 못했다는 이유로 딸은 엄마만을 괴롭힌 것이 아니라, 자신을 더 크게 괴롭히게 될 줄은 몰랐다. 어떠한 관계 속에서도 우리가 당연히 누릴 수 있는 것은 없다. 사랑받는 쪽은 그 감사를 깨우쳐야 하고, 어떤 형태로든 그것을 갚으려 해야 한다. 딸은 그것을 너무 늦게 알았다. 딸이 마침내 엄마를 돌아보고 미안하다고 말할 준비가 되었을 때, 엄마는 겨울날의 나무처럼 앙상해져 있었다. 차이점이 있다면 나무들은 봄이 오면 다시 새싹을 틔울 테지만, 엄마는 더욱 시들어갈 것이라는 점이었다. 엄마의 가장 아름다운 계절들은 딸을, 가족들을 등에 이고 오느라 이미 등이 굽고 어깨가 굳은 채 지나가 버렸다. 새순 같고 꽃잎 같던 시절이 엄마에게도 있었을 텐데. 딸은 본 적도 없고 알 수도 없는 찬란했던 날들이 엄마에게도 있었을 텐데.

엄마는 늘 이야기했다. 지금이 가장 좋다고. 옛날은 너무 힘들었다고. 그래도 너희들 보느라 힘든 줄 몰랐다고. 그런데 딸은 지금이 가장 힘들다. 옛날은 너무 좋았다. 딸 대신 힘들어줄 엄마가 있었던 시간 동안 딸은 힘들지 않았으니까. 지금은 엄마와 그다지 다툴 일도 없고, 서로 언쟁할 힘도 없는데 딸은 자꾸만 그 긴 침묵이 기억난다. 엄마가 먼저 말을 걸어 주기를 기다리며 부엌을 흘낏거리던 어린 날이 생각난

다. 딸이 눈치를 보는 것만큼이나 엄마도 내심 딸의 눈치를
살피고 있었을지 모른다. 딸만큼이나 엄마도 딸이 먼저 침묵
을 깨 주기를 바라고 있었을지 모른다. 아니, 아마 그랬을 것
이다. 아직도 가끔 엄마와 언쟁을 벌이는 철없는 딸은, 그래
도 이제 먼저 엄마에게 말을 붙일 정도로는 철이 들었다. 아
무 일도 없었다는 듯이 말을 걸면 되는 것이었다. 엄마는 늘
그 자리에서 기다리고 있었다. 딸이 먼저 침묵을 깨 주기를.
아주 간단하게, 아무 일 없었던 듯이 말을 걸면 되는 것이었
다.

"엄마 있잖아…"

아버지의 언어

아버지는,

말보다는 행동으로 마음을 보이기에

아버지의 언어를 알아듣는 데에

오랜 시간이 걸렸다.

싱크대 청소했고

수박정리해서
김치냉장고 제일 밑에

김치통에 담아놓았어요

# 아버지의 언어

아버지에 대한 글은 많이 쓰지 않았다. 아버지는 오랫동안 내 이야기에서 소외되었다. 아버지는 엄마에 대한 보조, 혹은 부연으로만 등장했고, 단독 주연으로서 조명받은 적이 거의 없었다.

어린 시절의 아버지는 마음은 가까이 있다 할지라도 실질적 접촉이나 대화의 기회는 엄마의 그것과는 비교가 되지 않았다. 늘 집에 상주하는 엄마에 비해, 퇴근 후와 주말에만 허락되는 아버지와의 시간은 물리적으로 적었기 때문이다. 기억의 양은 이야기의 양에 정비례한다. 적어도 내 세대나 혹은 그 이전 세대에서는, 대부분의 자녀들에게 대부분의 아버지가 이와 같지 않을까 조심스레 추측해 본다.

아버지의 시대에는 주 5일 근무제나 주 52시간 근무, 워라밸, 소확행, pc off 같은 것은 생경한 용어들이었다. 일과 가

족의 저울에서, 아버지의 무게추는 항상 일 쪽으로 기울어 있
었다. 기억을 더듬어 보건대 주 5일 근무제가 본격적으로 도
입된 것은 내가 대학교에 막 입학한 무렵이었고, 당시에도 찬
반 논란이 뜨거웠다. 우리 경제 규모에 아직 주 5일 근무제는
시기상조라는 주장과, 주 5일로도 생산성과 근로자의 복지
두 마리 토끼를 충분히 잡을 수 있다는 주장이 첨예하게 대립
했다. 양쪽의 주장이 모두 그럴듯하게 들렸지만 결국은 주 5
일 근무제가 승자의 자리를 차지했다. 주 4일 근무제에 대한
논의도 수면 위로 오르는 것을 보면, 당시 주 5일 근무제의
도입은 논리의 승패보다는 시대의 변화에 따른 결과물이었던
것으로 보인다.

아버지가 한창 직장에서 열정적으로 일할 나이를 비켜난
시점이 되었을 때, 아버지의 건강이 예전 같지 않게 되었을
때, 아버지가 집에 머무는 시간은 늘어날 수밖에 없었다. 엄
마와 단둘이 있으면 할 말이 그렇게나 많은데, 아버지와 단둘
이 있을 때의 대화는 드문드문 이어졌다. 그도 그럴 것이, 엄
마에게는 이미 완벽하게 갖춰진 내 인생의 무대장치가 아버

지에게는 아무것도 설정되어 있지 않았다. 드라마로 친다면 기획 의도와 등장인물, 주변 인물, 줄거리를 하나하나 설명해야 하는 판국이었다. 개별적으로 설명해서는 유기적 연결 관계가 미흡했고, 요약해서 설명해서는 충분한 인과관계가 이해되지 않았다. 아버지와 길고 자세한 이야기를 하기에는 너무 많은 것들을 처음부터 설정해 나가야 했던 것이다.

생각해 보면 아버지도 마찬가지였을 것이다. 아버지가 품고 있는 걱정이나 고민, 아버지가 나누고 싶은 기억이나 가치를 이야기하기에는 한 집에 산다는 것 외의 교집합이 턱없이 적었다.

다른 듯 닮은 아버지와 딸은 구구절절한 사연을 늘어놓기보다는 입을 다물고 혼자만의 시간에 집중했다. 같은 공간에서 같은 시간을 보내지만, 두 개의 서로 다른 시간이 흘러가는 셈이었다. 엄마와 딸은 같은 이야기를 나눌 수 있지만, 아버지와 딸은 서로의 이야기 속에 등장인물로만 존재했다. 엄마의 이야기는 내 이야기의 연장이고, 내 이야기는 엄마의 역사의 연장이라고 생각하는 딸은, 왜 아버지의 이야기에 대해서는 그토록 무심했던 것일까.

지금의 딸은 엄마를 그리워하고 엄마 같은 엄마가 되고 싶어 하지만, 현실은 아버지와 유사한 삶을 살고 있다. 아버지가 굳게 지켜왔던 노력과 땀에 대한 믿음, 소속된 조직에 대한 성실함과 충성심, 가족과 일의 경계선에 서 있는 시간들. 직장에서 있었던 일은 엄마에게 이야기하지만, 직장에서의 삶은 아버지의 삶을 되짚어가게 될 때가 많아진다. 달리 말하면, 아버지를 생각하는 시간이 많아진다는 의미이기도 하다. 힘든 일이 있을 때, 싫은 사람이 있을 때, 경력이나 업무에 대한 고민이 있을 때, 가족들에게 터놓고 얘기할 수 없었을 아버지가. 가끔 신세 한탄을 하거나 넋두리를 하거나 울분을 토하고 싶어도 아내와 자식들을 위해 꾸역꾸역 삼켜야 했을 아버지가. 그렇게 키웠어도 아버지가 뽀뽀를 하려고 하면 소리를 지르며 도망가던 사춘기 딸이 서운했을 아버지가.

자기 일이 있는 많은 요즘의 딸들은, 엄마보다는 아버지와 더 닮은꼴의 삶을 살고 있지 않을까. 딸들과 그림 같은 시간을 보내는 아버지들도 많아지고, 엄마보다는 아버지와 더 친한 딸들도 많아진 요즘이지만 딸의 유년에 아버지는 주변인으로만 등장했던 기간이 제법 길었다. 가족들이 모두 잠든 밤이나 새벽에 식탁에 홀로 앉아 영어 공부를 하던 아버지. 딸에게 이메일 계정 만드는 법을 묻던 아버지. 딸이 졸업식에 늦었다고 발을 동동 구를 때 어떤 총알택시보다도 빠르게 달려 기적적으로 졸업식장에 도착하게 해 주던 아버지.

지금도 매일 아침저녁으로 전화해서는 안부를 확인하고 1분도 되지 않아 끊어서 대체 이럴 거면 왜 전화를 했는지 의아하게 만들던 아버지는, 말보다는 행동으로 마음을 보이기에 아버지의 언어를 알아듣는 데에 오랜 시간이 걸렸다. 아버지의 언어에 익숙해지고 나자 아버지가 그동안 전해왔던 이야기가 와락 몰려와, 딸은 자꾸 먹먹하게 이야기를 삼킨다.

## 어디 가면 안 돼

어릴 때 드라큘라가 나오는 영화를 본 적이 있었다. 어린 마음에 드라큘라가 어찌나 무서웠던지, 며칠 동안 잠을 설쳤다. 어두운 밤에 활개를 치고 나타나는 흡혈귀의 잔상은 계속 기억에 남아, 불을 끄면 갑자기 나타날까 밤에 불을 끄지 못했다. 그 때 방에는 세계 명화 그림으로 만든 달력이 걸려 있었는데 그 달의 그림은 레오나르도 다빈치의 모나리자였다. 세계적인 명작이지만 어린아이의 눈에는 그저 어두컴컴한 배경에서 묘한 웃음을 짓고 있는 정체 모를 여인일 뿐이었다. 눈이 마주치면 오싹했다. 필시 저 여자가 그림 속에서 스르륵 나와 드라큘라 여인으로 변할 것만 같았다. 전등이 꺼지면 어둠 속에서 희끄무레하게 여자의 얼굴이 보였다. 그동안 들었던 모든 무서운 이야기들이 한꺼번에 생각났다.

잠이 들지 못하던 아이가 새벽까지 고심하던 끝에 고안해낸 방법은 이 여인이 숨을 쉬지 못하게 하는 것이었다. 동물

이든 식물이든, 숨을 쉬지 못하면 살 수 없을 거야. 드라큘라
도 숨을 못 쉬면 깨어나지 못할 거야. 당시의 아이가 생각할
수 있는 유일한 방어책이었다. 아이는 모나리자 그림의 콧구
멍 부분을 스카치테이프로 여러 겹 꼼꼼하게 밀봉해 놓았다.
이렇게 하면 그림 속의 여자가 숨을 쉬지 못하겠지. 조금은
마음이 놓였다. 하지만 드라큘라가 사람과 같은 호흡기와 신
진대사를 가졌는지 어찌 알겠는가? 숨을 쉬지 못해도 살 수
있는 것이 아닐까? 아이는 다시 무서워지기 시작했다. 아빠
는 애꿎게 아이가 잠들 때까지 옆에 누워 기다려야 했다.

"아빠가 드라큘라 이겨?"

"그럼, 아빠가 싸우면 다 이기지."

"아빠가 그걸 어떻게 알아?"

"아빠가 전에 드라큘라랑 싸운 적 있는데 아빠가 다 이겼
어. 아무것도 아니야."

"아빠, 어디 가면 안 돼."

"그럼, 아빠 여기 있으니까 얼른 자."

그제서야 아이는 잘 수 있었다.

어른이 된 아이는 생각한다. 말도 안 되는 이야기다. 아빠

는 그때에나 지금이나 싸움이라곤 할 줄 모르고, 뼈대도 가늘고 야위어서 정말 드라큘라가 망토 자락 한 번만 펄럭여도 나뭇잎처럼 저만치 날아갔을 것이다. 싸우기는. 딸은 피식 웃는다. 그래도 아빠의 큰소리 덕분에 어린 날의 딸은 그렇게 든든할 수가 없었다. 아빠는 칠순이 넘고 머리가 하얗게 센 지금도 그렇게 큰소리를 친다. 아빠가 다 할 수 있다고.

이제 딸은 속지 않는다. 아빠는 말로만 다 한다고 놀린다. 그래도 실은 아빠가 계속 큰소리를 치면 좋겠다. 아빠가 갑자기 겸손해지고, 아빠의 부족을 인정하면 갑자기 아빠가 늙어 보일 것만 같다. 아니, 아빠의 늙음을 인정해야 할 것만 같다.

아빠, 어디 가면 안 돼.

이렇게 말할 수 있던 날들이 지났다는 것. 아빠가 영원히 내 곁에 있을 수는 없다는 것. 누군가 있다면 그것은 아빠가 아닌, 배우자라는 사람이 있어야 한다는 것.

딸은 이제야 알겠다. 아빠가 결혼식 날 사위에게 딸의 손을 넘겨주며 하고 싶은 말이 아마 이것이었을 거라고. 자네, 어디 가면 안 되네. 딸 또한 마찬가지다. 서로가 서로에게 무슨 일이 있더라도 절대 어디 가고 싶지 않을 사람. 기쁨은 누구와 함께해도 기쁘기 마련이지만 힘든 일은 누구와 함께하는지가 너무 중요한 걸 알기에. 어떤 일이 있어도 함께 하고 싶은 사람은 한 명이면 충분하다. 사실 보통은 그 한 명을 찾기도 어렵다. 그래서 딸은 힘들게 찾은 그의 손을 잡고 조그맣게 속삭였다. 남편, 어디 가면 안 돼.

# 훌륭한 사람

아버지는 퇴근이 늦었다. 아버지와 함께 저녁을 먹기 위해 기다리면 늘 9시 정도가 되었다. 때문에 딸은 야식을 먹는 습관이 식탐 때문이 아니라 어릴 때의 식사 시간에서 기인했다고 변명한다. 어릴 때 딸은 아버지의 퇴근을 기다리며 종종 생각했다. 만약 아버지가 돈을 벌지 않으면 우리는 어떡하지? 지금 먹는 이 밥을 못 먹게 되나? 그럼 우린 갑자기 굶어야 하나? 매일 아침 일찍 나가서 저녁 늦게 오는 아버지는 나처럼 늦잠도 못 자고 간식도 못 먹고 힘들겠다. 대여섯 살 무렵이었던 것 같다. 불현듯 이런 생각을 했던 것은.

훌륭한 사람이 되어서 아버지를 편하게 해 드려야지. 중학생 무렵이었다. 이런 생각을 한 것은. 딸이 유난히 효심이 지극하거나 철이 들어서가 아니었다. 그랬더라면 진작 정신을 차렸을 것이다. 그 무렵 나라에는 IMF 위기라는 것이 덮쳤다. 그것이 무엇인지도 채 모르던 시절이지만, 많은 아버지들이 일자리를 잃거나 힘겨워하는 것을 목도한 자녀들이 공통적으로 했을 생각. 그 해 겨울 교실 창가 라디에이터 앞에 친구들과 옹기종기 모여 불을 쬐며 이야기했다. 내가 훌륭한 사람이 되어서 우리 아빠를 호강시켜 드려야겠어.

이제 딸은 마흔이 되었고, 아버지는 칠순이 훌쩍 넘었는데 딸은 아직도 훌륭한 사람이 되지 못했다. 훌륭한 사람이 어떤 것인지조차 모르겠다. 아버지에게 아직도 후렴구처럼 "아빠 내가 훌륭한 사람이 되어서 아빠 호강시켜 줄게"를 반복하면 아버지는 단호하게 말한다.

"너는 먼저 사람이 되어라. 아빠 뭐 해 줄 생각 말고 근검절약하고."

평생 자신을 위해 무언가를 소비해 본 적이 없는 아버지는, 딸이 스스로를 위해 지출하는 그 많은 항목이 도무지 이해가 되지 않는 것이다. 옷장에 옷이 저렇게 많고 신발장에 신발이 저렇게 많은데 대체 왜 옷이, 신발이 더 필요한지. 딸은 항변하지만 내심 뜨끔하다. 아버지가 옳다. 만약 딸이 이 돈으로 4인 가족의 생계를 책임져야 했다면 꿈도 못 꿀 일이었을 것이다.

안다. 아버지가 생각하는 '호강'은 물질적인 것이 아님을. 딸이 제 자리에서 성공하는 사람이 되는 것. 어디 나가서 손가락질 받거나 빈축사는 일 없이, 남에게 폐 끼치거나 피해주는 일 없이, 존경받는 사람이 되는 것. 딸의 아버지라는 사실만으로 아버지가 인정받는 사람이 되는 것. 너무 어려운 일이다. 차라리 남들에게 인색하며 뒤에서는 욕을 먹을지언정 아버지에게 값비싼 선물이나 안겨드리는 것이 쉬울 텐데. 아버지가 생각하는 '사람'의 기준이 사회에서 통용되는 '훌륭한 사람'의 허들을 넘는 것보다 더 까다로운 일이다.

"너는 뭐가 되려고 하기 전에 먼저 올바른 사람이 되어라."

"사재기 그만해라. 나중에 그 물건 다 가지고 갈 것도 아닌데."

아버지의 후렴구는 이런 것이었다.

아버지 혼자 온전히 짊어지고 왔을 가장의 무게가 어떤 것인지 딸은 가늠조차 할 수 없다. 결혼 전 소개팅이나 맞선 자리에 나가면 간혹 맞벌이 여부가 결혼의 전제조건이 되는 사람들이 많았다. 떠밀지 않아도 자아실현을 위해 일하고 싶은 마음과, 나는 아이를 낳으면 아이가 우선인데 하는 걱정 사이에서 아직도 갈팡질팡하지만 그 주장과 그 마음은 충분히 이해가 된다. 살기 팍팍해진 시대에, 누군가의 귀한 아들들인 그들에게 삶의 무게를 전부 떠맡길 마음은 없기에. 그런데 그 럴수록 아버지의 야윈 어깨가 무겁게 마음을 짓누른다. 그 가 벼운 어깨로 네 가족의 삶을 모두 혼자 지탱해 온 아버지가 생각나, 평생 훌륭한 사람은 되지 못할 것만 같아, 딸은 자꾸 어깨가 무거워진다.

## 아낌없이 주는 나무

'옛날에 나무 한 그루가 있었는데 그 나무에게는 사랑하는 소년이 있었습니다. (중략) 소년은 나무를 무척 사랑했고 나무는 행복했습니다.'

미국의 작가 쉘 실버스타인의 저서 〈아낌없이 주는 나무〉는 이렇게 시작한다. 제목 그대로 나무는 소년에게 모든 것을 다 내어주고, 나무에게서 모든 것을 받아 간 소년으로 인해 종래에는 나무에게 남은 것은 밑동뿐이다. 그 밑동마저 앉으라고 내어주는 나무. 그리고 이렇게 끝맺는다.
'그래서 나무는 행복했습니다.'

짧은 내용과 꽉 찬 그림으로 즐겨 읽던 그림책인데, 어른이 되어 다시 읽어보니 유독 마지막 문장만이 심금을 울린다. 작가는 필경 부모님의 지극한 사랑을 받아본 것임이 틀림없다. 그리고 자신도 그런 사랑을 내어준 것임이 틀림없다. 그렇지 않으면 내어주는 사람의 행복을 알 수가 없을 테니까. 소년은 자신이 필요할 때에만 나무를 찾아와 원하는 것을 얻어갈 뿐인데 나무는 그늘도, 열매도, 가지도, 줄기도 아낌없이 준다. 그리고 '그래서 행복했다.'라니. 나무에 대한 애잔함과 소년의 이기심에 대한 괘씸함이 솟아오른 것은 스스로에 대한 가책과 반성 때문이었다.

아낌없는 나무 한 그루가 우리 집에도 있다. 그 나무는 심할 정도로 자신을 위해 무언가를 쓸 줄을 모른다. 아버지라는 이름의 나무다. 뒤축이 닳은 구두와 해진 벨트를 아직도 애용한다. 새로 사시라고 해도 아직 쓸 수 있는 물건을 왜 버리냐며 도리어 딸을 나무란다. 철마다 인터넷 쇼핑을 하는 딸에게 잔소리를 해 대는 나무다. 근처 마트에 생수 묶음이 천 원 싸다고 끙끙대며 짊어오고, 유통기한이 지난 우유도 괜찮다고 마시는 나무다. 그러면서 아들딸에게는 한없이 베풀려고만 하는 나무다. 어쩌다가 옷이라도 한 벌 사 드리려면 손사래를 치고, 식사 대접이라도 해 드리려면 이미 계산을 해 놓아서 딸을 자꾸만 염치없게 만드는 나무다. 이미 나이가 찬 딸이 아직도 기댈 곳이 필요할 때 안간힘을 다해 낮은 그루터기를 기꺼이 내어주려는 나무다.

딸이 독립해 나온 지 얼마 지나지 않았을 때다. 생전 내지 않던 월세라는 것을 내게 되니 지출이 감당이 되지 않았다. 휴지며 치약 같은 것은 마치 사회 기반시설처럼 으레 집에 있는 물건들인 줄로만 알았는데, 내 돈을 내고 사야 한다는 사실이 영 적응이 되지 않았다. 다리미며 청소기며 책장이며 책상같이 크고 작은 가전, 가구들을 하나씩 사다 보니 비용이 만만치 않았다. 돈이란 것이 요물이라 벌기는 힘들고 모으기는 한참이 걸리는데 나가는 것은 순식간이었다. 독립을 했다는 즐거움도 잠시, 경제적인 부담은 기쁨을 앗아갔다. 서른을 훌쩍 넘긴 나이에 생활고를 느낀다는 사실은 부모님께도 민망한 일이다. 딸은 왜 아빠가 그렇게 전기를 아끼라고 했는지, 물을 아끼라고 했는지 이해하기 시작했다.

두어 달 남짓 지났을 때, 아버지는 문득 딸에게 물었다.

"너 돈 부족하지는 않니?"

딸의 생활 방식을 익히 알고 있었던 아버지는 딸이 행여라도 월세를 밀리거나 식사를 부실하게 할까 걱정이 되었던 것이다.

"아니 뭐 대충…."

"이거 갖고 가라."

딸이 얼버무리려는데 아버지는 이미 다 아시는 눈치였다. 아버지의 눈을 피하는 것도 엄마의 눈을 피하는 것만큼이나, 아니 그보다도 더 힘들다.

점점 메말라가고 굽어가는 아버지 나무를 보며 아낌없이 받기만 했던 딸은 생각한다. 나무는 행복할지 모르겠지만, 소년은 과연 행복했을까. 아닐 것이다. 어지간히 뻔뻔하거나 낯짝이 두껍거나 양심이 없지 않은 한, 소년의 마음속에는 나무에 대한 미안함과 부채감이 자리 잡고 있었을 것이다. 지금 딸이 그렇듯이. 그럼에도 불구하고 소년의 가장 약하고 낮은 모습을 보일 수 있는 존재는 그 나무 뿐이기에, 소년은 노인이 되어서도 여전히 나무를 찾을 수밖에 없는 것이다. 아직도 딸이 그렇듯이. 저에게 내어줄 것을 다 내어주고 이미 제가 기대기에는 너무 노쇠한, 밑동뿐인 나무를. 아낌없이 주는 나무, 그래서 행복한 나무의 밑동에서 어른이 된 소녀는 받기

만 했던 지난날이 부끄럽고 죄송스러워 자꾸만 속절없이 목
이 멘다. 늦기 전에 소녀는 나무에 물을 주고, 거름을 주고,
햇빛을 주고 싶다. 그렇게 제가 받았던 것을 아낌없이 나무에
게 돌려주고 말하고 싶다.

그래서 행복하다고.

# 주말부부 주말부모

아버지는 연세가 드시며 고향 근처로 내려가서 일을 하기 시작하셨다. 괴산이라는 아늑한 곳이다. 장성한 자녀지만 엄마 손길이 필요할 거라는 생각 때문인지 엄마는 서울에 남아 계셨다. 그렇게 자연스럽게 두 분은 주말부부가 되었다. 한 주마다 번갈아 가며 아버지가 서울에 올라오시고, 엄마가 내려가시고. 주말부부를 하신 지 제법 오래라, 딸이 독립하기 전부터 이미 두 분은 주말부부 생활을 하고 계셨다.

딸은 아버지가 처음 괴산에 내려가신 무렵을 기억한다. 매일 보던 아버지를 매주 보게 되었을 때, 아버지는 매주 늙어가고 계셨다. 매일 볼 때는 눈에 띄지 않던 아버지의 주름이나 흰머리, 지친 표정을 볼 때마다 딸은 죄스러움을 감출 수 없었다. 토요일까지 근무를 하시니 토요일 오후나 되어야 서울에 올라오실 수 있었다. 한창 막히는 시간, 고속도로를 뚫고 서울에 도착하면 이미 시간은 저녁때가 되어 있고, 아버지는 오랜 운전과 허기로 맥이 빠진 표정이었다.

젊은 사람들도 그렇게 장시간 운전을 하면 기진맥진하기 마련인데, 그때 이미 환갑이 훌쩍 넘으신 아버지에게 주말마다 상경하고, 또 일요일 밤이면 다시 운전해서 내려가시는 생활은 체력적으로나 시간적으로나 버거웠을 것이 틀림없다. 아버지는 매일 규칙적인 생활과 소식, 운동 등등을 강조하며 이것만 지키면 건강하다고 신신당부를 하시곤 했는데, 주말마다 장거리 운전을 하는 생활으로 정작 아버지는 규칙적인 생활도, 운동도 하기 힘들어지셨다. 한 번 그렇게 먼 거리의 운전을 하고 나면 지쳐서 그날은 리듬이 깨져버리는 것이었다. 엄마가 내려가도 되는데, 아버지는 또 엄마가 오랜 시간 운전하는 것은 힘들 것이라며 극구 만류했다. 주말마다 보는 아버지의 얼굴은 딸이 기억하는 그 전 주의 얼굴에서 자꾸 조금씩 시간이 덧씌워졌다. 어깨는 굽어가고, 집에 도착하면 힘에 부쳐서 소파에 오랫동안 앉아 휴식을 취해야 했다. 눈을 감고 소파에서 쪽잠이 든 아버지의 모습을 보는 것은 마음 아픈 일이었다.

엄마도 함께 인근에서 지내시는 것은 어떨까. 집을 알아보지 않은 것은 아니었다. 그러나 아주 가까이에서는 마땅한 아파트를 찾기가 힘들고, 아파트가 있는 지역은 또 출퇴근을 하기가 편치 않았다. 이래저래 방법을 찾지 못한 채 부모님의 주말부부 생활은 계속되었다.

그런 아버지가 안쓰러웠던 엄마는 이제 엄마가 내려가는 횟수를 늘리겠다며 엄마가 내려가시기 시작했다. 출퇴근을 할 필요가 없는 엄마는 아버지보다 좀 더 시간적 여유가 있었지만, 비워두고 온 서울 집에서 아들딸이 제대로 생활하고 있을까 걱정하느라 또 좌불안석이었다. 흔한 부모님들의 괜한 걱정일 뿐이다. 정작 아들과 딸은 부모님이 집을 비우거나 말거나 신경 쓸 겨를이 없었다. 나이도 찰 만큼 차고 철도 들 만큼 들었는데 부모님이 집에 안 계시다고 사고를 칠 어린애들도 아니었고, 살림 정도는 스스로 척척 할 수 있었다. 아들은 주말에도 출근이 잦았고, 딸은 주말에 학원을 다니거나 공부하기 바쁠 시기였다. 부모님의 보살핌이 필요할 때가 아니라, 부모님이 서로를 보살피시기를 바랄 나이가 된 지 오래였다.

공교롭게도, 딸은 결혼을 하고 남편과 주말부부가 되었다. 남편이 근무하는 곳은 서울에서 멀지 않다. KTX를 타면 50분이 채 되지 않아 도착한다. 내려서 버스를 타는 시간을 합쳐도 1시간 반 이내이고, 고속버스를 타도 비슷한 시간이 걸린다. 그런데 운전을 하고 다니면 두 시간여가 걸린다. 교통체증 탓이다. 신혼 초, 살림살이나 옷 등을 운반하느라 운전을 하고 다녀오면 그날은 하루 종일 아무것도 하기가 힘들었다. 몸을 많이 움직인 것도, 머리를 대단히 쓴 것도 아닌데 도로에서 운전대를 잡는 것 자체로 진이 다 빠지는 느낌이었다. 우리 부부는 가급적 운전을 하지 않는다. KTX나 고속버스로 다니기가 용이한 덕분에 평일에도 종종 서로를 볼 수 있다. 그러나 아버지가 근무하는 곳은 KTX를 이용하기 어렵고, 시외버스를 타기에는 터미널이 집에서 멀어 운전할 수밖에 없다. 딸은 주말부부가 되고서 더욱 아버지가 안쓰럽다. 이제 칠순이 넘은 연세에, 고향 친구들과 매일같이 여흥을 즐길 수 있는 곳에서 아버지가 굳이 서울에 올라오시려는 이유는 오로지 가족을 보기 위함을 알기 때문이다.

아버지가 운전하고 내려가시는 일요일 밤이면 딸은 마음이 놓이지 않아 자꾸 전화기를 본다. 아버지는 언제부턴가 괴산 집에 도착하면 꼭 전화를 하신다. 딸이 안절부절못하는 것을 아시는 까닭이다.

"아빠 도착했다. 너희도 쉬어라."

그 한마디를 들어야만 딸은 비로소 일주일이 무탈하게 지나갔다는 느낌이 든다. 운전하느라 이미 체력이 고갈되셨을 아버지에게 잘 도착했다는 연락까지 하시게 만드는 것에 대해 죄송함은 잊은 채. 주말부부로 지내시느라 이미 고생스러운 아버지에게 주말 부모의 역할까지 하나 더 얹어 드리는 딸은 제 면구함은 잊은 채 어미 새를 기다리는 새끼처럼 아버지의 연락만을 기다리게 되는 것이다.

# 시간이 많아서, 시간이 없다

언제부터인지 모르겠다. 딸의 기억은 팔 할이 엄마였는데, 조금씩 아버지의 지분이 많아진다. 아버지는 말수가 많지 않았는데 엄마 말로는 "노인네가 되어서" 말씀이 많아지기 시작했다. 나이가 들면 남성 호르몬이 분비가 줄고 여성호르몬 분비가 많아진다고 한다. 그래서 감성적이 되고 대화 욕구가 증가한다는 것이다. 그러나 아버지가 갑자기 수다스러워진 것은 아니었다. 아버지가 할 말이 없어 잠자코 계셨던 것도 아니었다. 아버지는 그동안 자신의 이야기를 '안' 한 것이 아니라 '못'한 것일 뿐이었다. 우리가 자라는 동안, 학창 시절 무수한 입시와 시험을 반복하고, 성인이 되어서도 취직 준비며 생존을 위한 각종 과정이며 공부에 매진하고, 집에 와서는 "엄마, 밥!"을 외치는 자녀들로 살아오는 동안, 아버지는 아버지의 말을 할 시간도, 들어줄 사람도 찾지 못한 것이었다.

아버지는 지치고, 고단하고, 힘겨웠기 때문일 게다. 아버지 홀로 가족을 등에 업고 세상과 맞서느라 힘겨웠던 시간이 너무 길었기 때문일 게다. 맞벌이가 많아진 세상이지만 딸이 자랄 때는 외벌이가 흔했다. 밥벌이가 얼마나 힘든 일인지, 돈을 벌어보기 전에는 알지 못했다. 일터에서 돌아와 도착하는 집이라는 공간, 가족이라는 집단이 주는 안정감이 얼마나 중요한 것인지 직장을 다녀 보기 전에는 오롯이 이해하지 못했다. 딸이 알지 못하는 아버지의 궤적과 무게는 훨씬 길고 무거울 것이었다. 지금 딸과 사위의 나이보다 훨씬 어린 나이에 아버지는 이미 가장이 되었고 두 아이의 아버지가 되었다. 밥을 굶을 걱정 없이 산다는 것의 행운을 깨닫지 못했던 것은 아버지가 온몸으로 막고 있었기 때문이었다. 주춧돌이자 대들보이자 지붕으로 버티는 아버지의 그늘 아래 뛰노는 우리는 아버지에게 귀 기울일 줄도, 속삭일 줄도 몰랐다. 서운한 소리 할 줄 모르는 아버지지만, 마음속에는 내색하지 못한 외로움이 축적되었을 것이다.

누구에게도 말하기 어려운 삶의 피로와 때로 느꼈을 사회의 치사함과 치졸함, 때로 유난히 버겁게 느껴지는 출근길과 모든 힘이 소진된 퇴근길. 아버지 역시 자신의 가장 가깝고도 끈끈한 피붙이인 자식들을 말동무 삼아 하루의, 혹은 인생의 회포를 풀고 싶었을 것이다. 당연한 이야기지만, 딸에게 생명을 부여한 것은 아버지의 몫이 절반이다. 집안의 가장으로서 아버지가 역할을 다하지 못했다면 엄마와 딸이 한가하게 노닥거리고 있을 틈도 없었을 것이다. 딸은 밥벌이를 해 보고서야 비로소 아버지의 지난날을 이해하게 되었다. 아버지 없이는 불가능했을 엄마와 딸, 아니 가족의 공생. 감사함은 선뜻 입 밖을 나서지 못하고 입 안에서, 마음속에서 맴돈다. 마음을 표현하지 않으면 상대는 알 길이 없다. 그렇지만 막상 갑자기 살갑게 굴기에는 머쓱하여 괜시리 용건 없는 말들만 둘러댄다.

아버지 세대의 아버지에게 가족은, 자녀는 참으로 불공평하다. 정서적인 유대감은 함께 보낸 시간에 비례한다. 아버지가 생계를 위해 집 안에 오래 머무르지 못했던 유년기에는 아버지에 대한 애틋함도 적었다. 보이지 않는 곳에서 아버지야말로 가장 큰 짐을 짊어지고 있었는데. 회사에서 보니 동년배 아버지들의 삶은 대개 비슷했다. 가족 구성원들이 아버지의 말을 들어주지 않기에, 아버지들은 아버지들끼리 말을,

마음을 나눈다. 말로 마음을 전달하는 것이 서툴고 낯선 아버지들은, 가끔은 술과 안주가 필요하고, 취기를 빌린 다정함이 필요하다. 어색하고 쑥스럽더라도 우리는 아버지와의 시간을 최대한 많이 나누고 남겨야 했다. 아버지와 보낼 수 있는 시간이 충분해진 시기는 사실 아버지와 함께 할 수 있는 시간이 얼마 남지 않았기 때문일 수도 있기에. 이제서야 아버지와 대화의 물꼬를 트며, 생각한다. 아버지 몫의 지분과 공로를. 아버지가 스스로 주장하지 못했던 당연한 것들을. 아버지에게는 이제서야 시간적 여유가 생겼는데, 딸은 자꾸만 시간이 없어지는 것 같아 조급하다.

# '아빠 찬스' 없다고 생각했건만

지금 근무하는 부서로 이동한 지 몇 달 되지 않았을 때다. 하는 일이 적성에 맞지 않다고 생각했다. 전공도 상이하고 업무도 생경했건만 승진하기 쉬울 거라는 말에 덜컥 옮긴 것이 화근이었다. 힘 있는 부서라는 말에 솔깃한 것은 경솔한 선택이었다. 부서가 힘이 있든 아니든 그것은 중요한 것이 아니었다. 내가 속한 부서가 권력이 있다고 내가 권위 있는 사람이 되는 것은 아니다. 내 일을 잘해야 힘 있는 사람이 된다. 그리고 내 일을 잘 하려면 그 일이 즐거워야 한다. 매일매일 일을 해야 하는데, 매일매일 재미가 없으니 그야말로 죽을 맛이었다. 회사 생활에 슬럼프가 오기에는 너무 많은 나이인데. 나이도 먹을 만큼 먹고 회사도 다닐 만큼 다닌 시점에서 심각한 권태감에 빠지고 말았다. 다행히도 이런 넋두리를 잘 들어줄 사람을 알고 있다. 어느 날 퇴근길 아버지에게 전화를 걸어 울먹였다.

"아빠, 내 커리어는 완전히 꼬인 것 같아. 난 이 부서를 오는 게 아니었어. 다른 부서를 가는 것도 어렵고, 이직도 어렵고, 이대로 내 경력이 끝나면 어쩌지?"

"네가 회사를 하루 이틀 다닐 것도 아니고 앞으로도 꽤 오랫동안은 이 회사든 다른 회사든 다니지 않겠냐. 긴 직장생활에서 이 부서나 이 업무가 나랑 맞지 않는다는 것을 알게 된 것만 해도 큰 수확인 거지. 그렇게 해서 나와 맞는 일을 찾아가는 게 중요한 거야. 다음에 다른 곳을 갈 때는 적어도 네가 원하는 일이 무엇인지는 더 잘 알게 되지 않겠냐."

마흔이 다 된 딸의 미숙한 투정에 아버지는 동요하지도 않고 동조하지도 않았다. 다만 철저한 제3자의 관점으로 말할 뿐이었다. 언제나처럼. 아마도 이것은 아버지가 거쳐온 기나긴 사회생활의 풍파와 관록에서 비롯된 것이리라. 아버지의 아버지는 이런 조언을 해 준 적이 없다. 아니, 아버지는 누구에게도 투정을 부리거나 어려움을 토로해 본 적 없는 삶을 살아왔다. 맨땅에 맨몸으로 부딪치며 아버지가 이루고 터득한 것들. 딸은 여러 번 현실의 길바닥에 무릎을 찧고서야 아버지의 시간을 짐작한다. 그렇게 쌓이고 삭힌 아버지의 시간이 지금 딸에게 답하고 있다. 얼마나 더 아버지의 시간에 빚을 져야 온전히 완성된 인격체로 홀로 설 수 있을까.

연일 뉴스를 장식하는 각종 '아빠 찬스', '부모 찬스'를 딸은 누린 적 없다고 생각했다. 아버지 덕분에 해외에서 학교를 다녔다는 친구들이 부러웠고, 부모님 덕분에 직장을 다니지 않아도 되는 사람들이 부러웠다. 스펙 한 줄을 위해 학교 경력 개발센터에 발 도장을 찍으며 애원하던 과거가 생각나 허탈한 기분이 들기도 했다. 그러나 사실 딸은 부모 찬스를 차고 넘치게 누렸다. 아버지 덕분에 밥 굶지 않고 무사히 취직할 수 있었고, 부모님을 부양할 필요도 없었다. 힘들고 지칠 때마다 기댈 수 있는 부모님이 있었으니 부모 찬스를 누린 것이고, 고난을 발판삼아 필요한 조언을 해 주는 아버지가 있었으니 아빠 찬스를 누린 것이다. 부모님이야 말로 '자식 찬스'를 누려 마땅한데 훌륭한 자식이 되지 못해 죄송할 따름이고, 이 연세에도 자식들에게 손 벌리기 싫다며 꾸역꾸역 일하시는 아버지를 보면 미안할 따름이다. 어째 딸이 느끼는 '아빠 찬스'의 무게는 나날이 무거워진다.

# 별거 아니다

"아빠, 감기는 좀 괜찮아?"

"별거 아니다."

"아빠, 수술한 데는 좀 어때?"

"별거 아니다. 괜찮아."

"아빠, 나 꼭 가고 싶던 회사가 있었는데 안됐나 봐. 연락
이 안 와."

"별거 아니다. 더 좋은 데 가려고 그러는 거야."

"아빠, 나 눈병이 심해져서 잘못하면 각막 손상될 수도 있
대."

"별거 아니다. 병원에서 시키는 대로 하면 금방 나아."

언젠가부터, 정말 힘든 일이나 야단법석을 떨어야 하는 일
은 엄마보다는 아빠에게 말을 하게 될 때가 많았다. 좋은 일
은 엄마한테 먼저 이야기하고, 힘든 일은 아빠에게 먼저 이야
기했다. 힘든 이야기를 감당하기에 엄마는 엄마 스스로가 너

무 힘들어 보였다. 소심하고 걱정 많은 엄마와는 달리 아빠는 뭐든 별 게 아니었다. 아빠에게 이야기를 하면 그래서 '별 것'인 나의 중대한 고민이나 우리 집의 일들도 다 '별것 아닌' 일처럼 느껴지곤 했다. 엄마는 우스갯소리로 아빠는 나중에 생을 마감하는 순간에도 말할 거라고 했다.

"별거 아니다. 나 지금 죽는 거 아니야."

그런 아빠는 두 번 쓰러진 적이 있다. 딸에게 힘든 일이 생겼을 때였다. 엄마와 딸에게는 언제나처럼 별것 아니라고, 더 좋은 일이 생길 거라고 매일같이 말하던 아빠는 소파에서 일어서다가 한 번 휘청하며 쓰러졌다. 옆에 있던 엄마가 달려가서 아빠의 몸이 바닥에 닿기 직전에 가까스로 아빠를 잡았다. 두 번째도 얼마 되지 않았을 때였다. 이번에는 그냥 바닥에 쓰러졌다. 엄마가 놀라 달려오는데 아빠는 엄마를 바라보며 쓰러졌다고 했다. 혼비백산한 엄마가 아빠를 일으키자 아빠는 또 말했다고 했다.

"별거 아니야, 이 사람아."

'별거 아니'라고 해 놓고, 정작 아빠는 뒤에서 혼자 걱정을 뒤집어쓰고 있었기 때문이라는 것을 그제서야 알았다.

"걱정은 우리가 할게요. 고객님은 행복하기만 하세요!"

예전 한 광고회사에서 걱정인형이 말하던 문구처럼, 아빠는 우리 집의 걱정인형이었다. 온 가족의 걱정을 책임지는. 하지만 걱정인형도 한계에 다다를 때가 있는 것이다. 걱정으로 꽉 차서 더 이상 걱정을 받아들일 자리가 없을 때. 그리고 걱정인형도 걱정이 있는 것이다. 걱정인형의 걱정은 아무도 받아줄 사람이 없었다. 당신 몫의 걱정과 가족 모두의 걱정을 한 몸에 짊어지고 걱정인형 아빠는 뚜벅뚜벅 홀로 힘든 발걸음을 옮기고 있었다. 이제 일흔이 훌쩍 넘은 아빠의 등이, 어깨가 자꾸 굽어가는 것은 나이 때문이 아니라 걱정의 무게 때문인 것만 같다.

이제는 아빠가 아니라 딸이 한 번쯤 먼저 이야기해 드리고 싶다. 아빠가 걱정하는 것이 무엇이든, 별것 아니라고. 우리에게 '별것'이란 아빠뿐이라고. 아빠가 건강하면 그것으로 됐다고. 세상 모든 걱정이 별것 아니었던 아빠에게 우리만이 '별것'이었듯이.

## 말이 안 통한다는 말의 진심

"아 몰라, 아빠랑은 말이 안 통해!"

아빠와의 대화는 오랫동안 이렇게 마무리되곤 했다. 아빠는 딸과는 아주 달랐다. 아빠는 마음먹은 일을 미룬 적이 없고, 집 안에서 빈둥거리거나 게으름을 부린 적이 없다. 아빠는 늦잠을 자는 일도 없었고, 마찬가지로 밤에 늦게 자는 일도 없었다. 아빠는 자의적으로 끼니를 거르거나, 야식을 먹거나, 군것질하는 일도 좀처럼 없었다. 이 모든 것은 딸과 정반대였다. 딸은 아버지처럼 살 수는 없을 거라 생각했다. 아빠는 딸이 왜 그렇게 사는지 이해가 되지 않았다.

딸이 아빠처럼 살고 싶지 않은 것은 아니었다. 다만 그렇게 하기 어려웠을 뿐이다. 딸도 매일 새벽같이 일어나 영자신문을 읽거나 영어 뉴스를 듣고 싶었다. 딸도 눈뜨자마자 일분 일 초를 허투루 쓰지 않고 부지런히 하루를 보내고 싶었다. 딸도 군것질 대신 건강식을, 야식 대신 아침을 챙겨 먹고 싶었다. 아빠처럼 하지 못하는 스스로가 부끄러웠다. 창피함과 반성은 애꿎은 타박으로 나타났다.

회사에서 승진이 밀리거나 시험 성적이 잘 나오지 않았을 때, 아빠는 늘 정공법을 가르쳤다. 네가 충분히 열심히 하지 않은 탓이다. 노력하면 무엇이든 이룰 수 있다. 아빠도 학원 하나 없는 시골에서 혼자 공부하고 고군분투해서 이만큼 왔으니까.

아버지 세대를 관통하는 삶의 논리란 그런 것이었다. 땀과 노력, 근면과 성실. 그렇게 해서 맨주먹으로 무언가를 이뤄온 아버지는 이미 당신보다 이만큼이나 앞선 출발선에서도 전력 질주를 하지 않는 자식들이 안타깝다. 근성이 부족해서라거나, 배가 불러서라고 생각한다. 전쟁의 폐허에서도 한강의 기적을 이뤄냈던 시대의, 세 끼를 먹는 것이 드물었던 세대의 이야기다.

우리 세대의 삶에서 보편화된 가치는 그와는 달라졌다. 연봉보다는 복지와 워라벨을, '피, 땀, 눈물'보다는 삶의 여유를 추구한다. 80년대생인 딸의 눈에는 90년대, 2000년대생들도 판이하게 다르다. 옷을 입는 방식도, 추구하는 가치관도,

삶의 목표도 시대의 흐름에 따라 달라진다. 어떤 세대의 가치가 다른 세대보다 낫거나 못하다고 할 수는 없다. 다른 시대와 다른 환경을 살고 있으니까.

그런데 딸은 아빠의 치열함을 닮고 싶다. 아빠의 근면함을 배우고 싶다. 아빠가 힘겹게 일궈내어 눈물겹게 쌓아 올린 그 모든 시간과 노력을 딸은 너무나 고스란히 누렸다. 아빠의 실패, 좌절, 눈물을 딸은 모두 보았다. 아빠가 그것을 극복하는 과정도 모두 보았다. 아빠와 같은 환경에 처했더라면 딸은 아빠같이 할 수 있었을까. 딸은 고개를 젓는다. 그것은 아빠였기에 가능했던 일이다. 시대를 방패 삼아 변명하기에는 너무 비겁하다. 딸은 그저, 그만큼 단단하지 못했을 뿐이다.

사실은, 아빠와 말이 안 통하는 것이 아니다. 아빠의 말도, 아빠의 삶도, 모두 이해된다. 너무나도 분명하게. 그래서 아빠와 말을 하기 두려운 것이다. 아빠를 더 실망시킬까 봐. 아빠에게 미안하고, 나 자신이 무안해서. 말이 안 통하는 것이 아니라 삶이 안 통하는 것이다. 아빠만큼 열렬히 노력해서 무언가를 이뤄보고 싶다. 아빠처럼 촘촘히 삶을 살아내고 싶다.

이제부터라도 아빠의 삶을 따라 하면, 언젠가는 아빠와 말이 통할 수 있을까. 마흔이 된 딸은 그동안 읽었던 무수한 자기계발서 대신에 아주 쉬운 삶의 표본이 옆에 있었음을 깨닫는다. 공짜로 배울 수 있는 삶의 기회들을 사십 년간 흘려보낸 뒤에야.

# 운이 좋았다

성공한 사람들의 인터뷰를 볼 때마다 빠짐없이 나오는 말이 있다.

"운이 좋았습니다."

그들은 모두 자신의 성공을 '운이 좋았던' 덕으로 돌렸다. 혹은 누군가의 도움이 있었기에 가능했다고 공을 돌렸다. 물론 정말로 운이 좋았을 수도 있지만, 대부분의 경우 그들은 누구보다 많은 노력을 했기에 그 성공을 거머쥘 수 있었다. 누구보다 열심히 공부했기에 시험에 합격할 수 있었고, 누구보다 진지하게 연구했기에 신기술을 발명할 수 있었고, 누구보다 치열하게 고민했기에 사업 아이템을 발굴할 수 있었고, 누구보다 힘겹게 고난을 헤치고 왔기에 인내심과 포용력이 생기고… 정말로 '운이 좋다'고 표현하려면, 로또에 당첨되거나 갑자기 이름 모를 먼 친척으로부터 거액의 유산을 상속받거나 해야 한다. 그리고 단지 이것만으로 우리는 그들이 '성공했다'고 표현하지 않고, 그들을 인터뷰하거나 그들에게서 삶의 지혜를 배우려 하지는 않는다.

운이 좋다. 이 말은 가장 겸손한 말이다. 자신을 끌어 올려 노력해 본 사람만이 할 수 있는 말이다. 자신이 가진 모든 것을 쏟아부어 더는 할 수 없을 때, 스스로도 그 사실을 안다. 이보다 더 최선을 다 할 수는 없다는 것을. 그리고 그 다음부터는 하늘의 뜻이고 운의 몫인 것이다. 아무리 내가 할 만큼 했다고 하더라도 그 노력이 보상받지 못할 수도 있고, 모두 실패로 돌아갈 수도 있다. 안타까운 사실이지만 죽을힘을 다한다고 모두가 원하던 삶을 살 수도, 바라던 것을 이룰 수도 없다. 하지만 내가 할 수 있는 최대한의 노력조차 하지 않는다면, 단지 적당히 시도해 보고 지쳐버린다면, 그 성취는 아예 가능성조차 없는 일이 되고 만다. 그 사실을 알기에 그들은 당당하게, 그리고 겸손하게 말할 수 있는 것이다. 운이 좋았다고.

이것은 어느 정도 나이가 들었을 때의 이야기다. 삶의 길이나 깊이가 어느 정도 쌓였을 때의 이야기다. 어릴 때는 주로 부모의 역량에 따라 자녀의 '운'이 결정된다. 부모 팔자가 반팔자라고, 부모 잘 만난 자식은 운이 좋은 것이다. 딸은 생각한다. 나는 운이 좋았다고. 진흙길을 걸을 때 딸은 부모에게 업혀 갔다. 부모가 허리까지 흙탕물을 묻히며 허우적댄 덕분에 딸은 발등까지만 진흙이 묻은 채 지나올 수 있었다. 사막을 걸을 때 딸은 캥거루 새끼처럼 부모 품에 안겨 갔다. 부모는 열사병에 쓰러질 지경이 되었지만 딸은 열과 모래를 견딜 수 있었다. 폭풍우가 쏟아질 때 딸은 부모가 씌워주는 우산을 쓰고, 비옷을 입고 지나갔다. 부모는 온몸으로 비바람을 맞았지만, 딸은 머리칼이 살짝 젖었을 뿐이었다.

부모와 자식은 참으로 불공평한 관계이다. 단지 뱃속에서 태어났다는 이유만으로 어떤 부모는 자식에게 퍼주기만 하고, 어떤 자식은 부모에게 바치기만 하는 것이 보통이니 말이다. 그래서 부모님이 운이 좋다고 생각하는지 묻는다면, 딸은 할 말이 없다. 아버지의 흰 머리와 야윈 어깨를 보면서, 어머니의 굽은 등과 자글자글한 주름을 보면서, 딸은 차마 말할 수가 없다. 부모님은 운이 좋지 못하다고. 그것은 모두 딸 때문이라고. 딸은 이제 제 등을 내밀며 부모에게 업히라고 하는데, 부모님은 지팡이를 지고 느린 걸음으로 당신들이 걷겠다고 하신다. 딸이 미덥지 못한 탓이다. 딸은 부모님과 함께 걸어가고 싶은데, 이제 힘이 빠지고 기력이 쇠한 부모님은 딸의 보폭에 발을 맞출 수가 없다. 자꾸만 느려지는 부모님은 조금씩 뒤처지고, 딸에게 네 속도로 네 갈 길을 가라고 손짓한다. 딸이 가는 길에 당신들이 짐이 될까 저어하는 탓이다. 이런 식의 치고 빠지기가 얼마나 불공평한지, 얼마나 딸을 염치없고 면구하게 만드는지도 모르는 채 말이다.

딸은 운이 좋았다. 그 사실이 자꾸만 사무치게 아려 온다

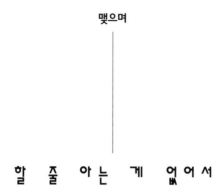

맺으며

할 줄 아는 게 없어서

엄마를 생각하면 항상 애잔한 마음이 든다. 엄마는 항상 허기져 보였다. 엄마는 엄마의 사랑에 굶주려 있었고, 그 나이 때 응당 받아야 할 엄마의 사랑을 받지 못한 아이들이 흔히 그렇듯, 자신감과 자존감이 결핍되어 있는 모습이 보였다. 엄마는 늘 공허해 보였고 외로워 보였다. 엄마는 우리를 사랑하는 것으로 그 공복감을 달래려 했음이 틀림없다. 배가 고픈 사람들이 음식 사진을 보고 대리만족을 얻듯, 다른 사람들이 음식을 먹는 장면을 보며 만족감을 느끼듯, 엄마는 우리에게 사랑을 퍼부어 주고, 우리가 그 사랑에 흠뻑 젖어있는 것을 보며 엄마의 허기를 채우려 했다.

사랑을 베푸는 사람들은 성직자나 자선사업가가 아닌 이상, 대개 자신도 그 사랑을 받고 싶기 때문인 경우가 많다. 내가 가장 좋아하고 나에게 가장 소중한 것은 결국 나도 그것을 가지고 싶다는 것이기도 하다. 그것이 받았을 때 얼마나 행복한지를 알기 때문이다. 우리는 크면서 늘 엄마에게 사랑을 받기만 했지, 그것을 어떻게 돌려주어야 하는지는 몰랐다. 사실 지금도 모른다. 그래서 우리는 그냥 조금 더 촘촘히 살았다. 아마도 오빠는 그래서 열심히 공부했을 것이고, 나는 열심히 글을 썼을 것이다. 그렇게밖에는 우리가 엄마에게 받은 그 커다랗고 폭신한 사랑을, 그 달콤하고 안온한 사랑을 돌려줄 길이 없었기 때문일 것이다. 그리고 그 노력은 그대로 우리의 삶이 되었다.

아빠는 조금 다른 이유로 측은했다. 아빠에게 줄곧 의지해 왔으면서 측은하다는 말은 어불성설 같기도 하다. 아빠는 평생 살집이 있어 본 적이 없는 호리호리한 체형이다. 어느 모로 보나 의지가 된다거나, 든든하다고 보기는 어려운 외모다. 길거리에서 싸움이 붙으면 절대 말리지 말고 지나가라는, 불의를 보면 제발 고개를 돌리라는 자식들의 만류를 언제나 뿌리치고 대의라던가 정의라던가 하는 것을 부르짖어 자식들의 골머리를 썩이곤 했다. 세상이 그렇게 이상적으로 돌아가는 곳이 아닌데 칠순이 넘은 아빠의 마음속에는 아직도 청년 시절의 순수와 열정이 남아 있는 것 같다. 언제나 권선징악과 사필귀정으로 세상이 돌아갈 것이라고 믿는 아빠의 확신이 답답하고 촌스럽다가도, 결정적인 순간에는 그 믿음으로 인해 마음이 편해진다.

우리는 늘 아빠 때문에 억울했다. 세상에 아빠 같은 사람들만 있다면 길거리에는 CCTV가 필요 없을 것이고 직장에서는 관리자가 필요 없을 것이며 사회에는 법이 필요 없으리라 생각될 만큼 성실하고 양심적으로 삶을 살아온 아빠다. 그런 아빠 때문에 우리는 세상을 사는 적당한 잔머리와 꼼수, 좀 더 편하게 인생을 사는 요령 같은 것을 배워본 적도, 터득할 길도 없었다. 세상은 늘 그렇게 우직하고 근면하게, 조금 손해를 본다는 마음으로 살아야 하는 줄로만 알았다. 그래서 세상살이는 늘 녹록지 않았다. 사실 인생은 좀 잔꾀도 부려가고 게으름도 피워가며 살아야 쉽고 즐거운 것 아닌가. 아빠는 그런 편안함 따위는 알지 못하는 것이 분명했다. 그래서 엄마도 우리도 저렇게 고생길로만 안내하는 것이 분명했다.

그런 엄마와 아빠의 공통점이 있다면 항상 받기보다는 주는 삶을 살았다는 것이다. 말이야 아름답지, 자식들 입장에서는 여간 답답한 것이 아니다. 엄마 아빠에게 무언가를 베풀어 주는 사람은 아무도 없는데 말이다. 하는 수 없이 내가 아주 크게 성공해서 엄마 아빠에게 뭔가를 주는 사람이 되어야겠다고 생각했는데, 이 결심은 십수 년째 지켜지지 않고 있어 스스로를 머쓱하게 만든다. 무어라 할 사람은 아무도 없는데 그냥 스스로가 겸연쩍고 창피해지는 것이다. 큰돈을 벌거나 유명한 사람이 되기에는 할 줄 아는 게 없어도 너무 없는 것만 같다. 다재다능하고 똑똑한 사람들이 넘치는 요즘에 나는 왜 이 모양인지. 어쩔 수 없이 글을 쓰는 수밖에 없다. 글을 처음 깨쳤던 그 순간부터 지금까지, 내가 엄마 아빠에게 해 줄 수 있었던 유일한 보답은 이 고마움을 글로 표현하는 것밖에 없었다. 이를테면, 이런 단순한 문장으로.

엄마 아빠, 사랑해요.

# 엄마는 어떻게 다 알까

1판 1쇄 발행　2022년 8월 30일

자은이　　반승아
발행인　　이선우
펴낸곳　　도서출판 선우미디어
　　　　　등록 ｜ 1997. 8. 7 제305-2014-000020
　　　　　02643 서울시 동대문구 장한로 12길 40, 101동 203호
　　　　　☎ 2272-3351, 3352 팩스: 2272-5540
　　　　　sunwoome@hanmail.net
　　　　　Printed in Korea ⓒ 2022. 반승아

값 13,000원

※ 잘못된 책은 바꿔 드립니다.
※ 저자와 협의하여 인지는 생략합니다.

ISBN 978-89-5658-710-3 03810

엄 마 는

어 떻 게

다

알 까